香港兒童文學名家精選 劉惠瓊

動物園的秘密

新雅文化事業有限公司
www.sunya.com.hk

香港兒童文學名家精選

動物園的秘密

作　　者：劉惠瓊
插　　畫：梁巧媚
策　　劃：甄艷慈
責任編輯：潘宏飛
美術設計：李成宇
出　　版：新雅文化事業有限公司
　　　　　香港英皇道499號北角工業大廈18樓
　　　　　電話：(852) 2138 7998
　　　　　傳真：(852) 2597 4003
　　　　　網址：http://www.sunya.com.hk
　　　　　電郵：marketing@sunya.com.hk
發　　行：香港聯合書刊物流有限公司
　　　　　香港新界大埔汀麗路36號中華商務印刷大廈3字樓
　　　　　電話：(852) 2150 2100　傳真：(852) 2407 3062
　　　　　電郵：info@suplogistics.com.hk
印　　刷：中華商務彩色印刷有限公司
　　　　　香港新界大埔汀麗路36號
版　　次：二〇一二年七月初版
　　　　　10 9 8 7 6 5 4 3 2 / 2016

ISBN: 978-962-08-5655-6
© 2012 Sun Ya Publications (HK) Ltd.
18/F, North Point Industrial Building, 499 King's Road, Hong Kong.
Published and printed in Hong Kong

目錄

童話篇

出版緣起

　　冰心説：「必須要有一顆熱愛兒童的心，慈母的心。」兒童是社會的未來，每一位成年人，都有責任關心兒童的健康成長。而優秀的兒童文學作品，正是兒童健康成長不可缺少的精神食糧。它們蘊含着真、善、美，能真切地反映兒童的心聲，能帶給兒童歡樂和有益的啟示，能鼓勵兒童積極向上，奮發進取。

　　回顧香港兒童文學的發展，由 20 世紀 30 年代香港兒童文學的開始萌芽，到 21 世紀的今天，有許多兒童文學作家一直在為香港兒童文學的繁榮辛勤地耕耘着。他們當中，既有從內地南來的作家，也有土生土長的作家；當中有不少文壇長青樹，也有很多新晉的年輕作家。這些作家為香港兒童創作了一批又一批的優秀作品，為香港兒童文學創作的發展作出巨大貢獻。

　　本公司一向致力於為兒童提供優質讀物，藉踏入 50 周年新里程之際，我們希望更廣泛地推出各種有益兒童身心的圖書，尤其是本土兒童文學作品，因此策劃出版《香港兒童文學名家精選》叢書。

　　本叢書是由各位作家在其已出版的著作中，精選出曾獲過獎，或是能代表其創作風格的作品結集成書。體裁包括童話、童詩、生活故事、兒童小說、科幻故事、幻想小說、散文等。作品展示了上世紀 50 年代至本世紀初香港少年兒童的精神面貌和社會風情，曾在讀者中產生過重大影響，並經得起時間的洗禮。

何紫先生曾說過：「倘若我們不從小培養小孩子閱讀的興趣，他們又怎能建立鞏固的語文基礎？」其實，我們不僅關注培養小孩子的閱讀興趣，提高他們的語文能力，我們更希望藉由優秀的兒童圖書，把愛心、善良、孝順、正直、勤奮、樂觀、堅強、關懷、謙虛、公義等種子植播於孩子的心田。叢書裏的作品既文字優美，更是充滿着真善美的人文關懷。

是次出版，我們挑選了在香港兒童文學創作上卓有成就的作家。我們希望由此而為當代少年兒童提供優質的讀物，也為香港兒童文學創作的研究留下具時代意義的印記，更由此表達本公司對兒童文學作家的由衷敬意。

本叢書能得以順利出版，全賴各位作家的鼎力支持。此外，特別感謝阿濃先生為本叢書撰寫總序，感謝謝錫金教授和羅淑君女士撰文推薦。

為了令讀者對各位作家有更多的認識，叢書還特地設有「作家訪談」，讀者可以由此了解各位作家如何走上文學創作之路、他們對兒童文學的見解等。

叢書後設有每位作家「主要的兒童文學原創作品」資料和獲獎資料，旨在為香港兒童文學的原創生態留下史料，並為讀者提供廣泛閱讀的書目。

叢書總序

在孩子心裏埋下愛、美、善的種子

阿濃

兒童文學是文學中最難搞的一門。

所有優秀文學作品要具備的條件,兒童文學都要具備。

但兒童文學的用字用詞有限制,宜淺不宜深。兒童文學的造句有講究,宜短不宜長。兒童文學的表達有要求,宜明白曉暢,不宜過分含蓄艱深。對許多作家來說,就是淺不起來,短不起來,明白不起來。他們做不到,不想做,甚至不屑做。

兒童文學的內容要純淨,像高山絕頂的雪,容不得絲毫污染。因為它是給我們純潔天真的小寶貝的精神食糧,其品質要求更甚於物質食糧的奶粉。但純淨不等於淡而無味,它芬芳,有大自然的氣息;它甜美,如地上樹上藤蔓上的果實;它富於營養,又容易吸收。這就對兒童文學作家個人的品質有了要求,兒童文學作家能標籤為 organic,他的作品才屬於 organic。

許多做父母的都知道餵孩子吃東西是一件苦差,想孩子接受我們為他們而寫的作品,同樣是強迫不來的。兒童文學作家要有十八般武藝,施展渾身解數,令他們笑,使他們覺得有趣,利用他們的好奇,刺激他們思考,引發他們感動,其實是很吃力的。

要成為一個成功的兒童文學作家,他首先要懂孩子的心,那

就需要他自己有一顆童心。他同樣愛吃、愛玩、愛笑、愛哭、愛熱鬧、好奇、愛問為什麼。他同樣愛幻想，不受拘束、仁慈慷慨、視眾生平等。一顆赤子之心，試問在這烏煙瘴氣的世界裏多少人還能擁有？

優秀的兒童文學作家是如此難得，但社會（包括文學界、出版界）對他們又有多重視呢？寫書給孩子看被視為「小兒科」，大家對小兒科醫生十分尊重，對成人文學作家與兒童文學作家之比卻視為大學教授與幼稚園教師之比，使不少兒童文學作家不想擁有這個名號。同樣反映在版稅方面，兒童書的版稅普遍低於成人書，這也使兒童文學作家氣餒。

幸運地，香港還是出現了一批可愛可敬的兒童文學作家，多年來他們創作了豐盛的兒童文學作品。出版了大量的書籍，也被選作課文。在成千上萬的孩子心中，埋下了愛、美、善、關懷、正直、公義、勤奮……的種子，使我們的下一代有普遍的好品質好表現。這是兒童文學作家們最堪告慰的。

作為香港兒童讀物出版重鎮的新雅文化事業有限公司，1991年不惜工本，編印了《香港兒童文學作家系列》，邀請最出色的兒童書插畫家繪圖，硬皮精印，成為香港兒童文學的里程碑。21年後，新雅再次出版一套《香港兒童文學名家精選》叢書，為當代少年兒童提供最好的精神食糧，為研究香港兒童文學留下有價值的資料，同時向香港的兒童文學家們致敬，可謂意義重大。

祝願香港出現更多出色的兒童文學作家，祝願他們的地位獲得提升，祝願他們寫出更多更精彩的作品。

推薦序一

優秀的兒童文學作品歷久不衰

　　要想兒童喜歡閱讀，必須要有大量有趣的，能引起他們的閱讀意慾的優質讀物。我很高興地看到，雖然有人説香港是文化沙漠，但仍有不少兒童文學作家在勤奮地為兒童寫作，各家兒童圖書出版公司每年也為兒童提供大批印製精美的讀物。

　　今年香港書展，香港規模最大、歷史最悠久的兒童圖書出版社──新雅文化事業有公司，推出《香港兒童文學名家精選》叢書，精選一批對本港兒童文學卓有建樹的著名作家的作品，為香港兒童提供最好的精神食糧。

　　十位作家包括：黃慶雲、何紫、阿濃、劉惠瓊、嚴吳嬋霞、何巧嬋、東瑞、宋詒瑞、馬翠蘿和周蜜蜜。十位作家的作品，展示了上世紀五十年代至本世紀初香港少年兒童的精神面貌和社會風情，從不同層面刻劃了香港兒童的成長足跡，以及他們成長中所遇到的困擾。

　　和現在相比，上世紀的兒童生活和現今的兒童生活有着很大的差別，他們的生活遠比現在的兒童困苦。但是兒童的心性是相通的，他們的歡樂和煩惱，無一不是當今香港兒童所常遇到的；而他

們面對挫折而表現出的勇氣和智慧，又給當今的少年兒童提供了有益的啟示和學習榜樣。

優秀的兒童文學作品影響力歷久不衰，本叢書正好印證了這一點。

我誠意向各位關心兒童健康成長的家長和教師推薦這套有益兒童身心的優質圖書，也藉此向各位辛勤耕耘的兒童文學作家表示敬意。

謝錫金

香港大學教育學院教授

香港大學中文教育研究中心總監

全球學生閱讀能力進展研究計劃

(PIRLS)- 國際 (香港) 委員

推薦序二

向陪伴兒童成長的文學作家致敬

收到新雅的邀請，為這套《香港兒童文學名家精選》寫推薦序，實在有點兒受寵若驚。為的是叢書內網羅了香港差不多半世紀內鼎鼎大名、優秀的兒童文學作家。其中黃慶雲（雲姐姐、雲姨）更在1938年曾到本會位於香港大學馬鑑教授的西營盤宿舍樓下的會所為街童講故事，她是推動本港兒童閱讀的先行者。

《香港兒童文學名家精選》內的作家都是香港兒童文學上的中流砥柱，他們的著作吸引了無數的讀者，深受新一代歡迎。在本港推動閱讀文化的各項活動中，鮮有不包括他們的作品。

雲姨是全球知名的兒童文學家；周蜜蜜是雲姨的女兒，以香港兒童成長為題，對兒童成長經歷的過程有細膩深刻的認識；何紫先生將不同年代的童年呈現，伴隨香港的成長，閱讀他的童話就像閱讀香港不同年代的社會發展；東瑞的故事，天馬行空、科幻、出人意表的情節啟迪兒童對未來的好奇，跨越常規的突破和創意；馬翠蘿對人際關係的敏銳描述，是小學生最喜愛的作家；阿濃讓跨代爺孫親切之情、愛護環境等浮現於故事情節中；何巧嬋校長以童話手法寫香港孩子的生活，希望小讀者能跳出眼前的局限；劉惠瓊姐姐

透過動物故事，將兒童成長責任中的困惑、與朋友的交往娓娓道來；嚴吳嬋霞女士的作品描述了兒童的純真。

優良的圖書和故事作品，會令培育兒童愛上閱讀變得輕而易舉。

如果說多運動能令兒童體格強壯，多閱讀則令兒童心智豐盛。小學階段，兒童從 6 歲開始到 12 歲的期間，是發展閱讀最重要的階段。兒童成長中，9 歲以前，是要學會掌握閱讀的能力；9 歲以後，他們透過閱讀去學習日新月異的知識，透過文字故事以豐富人生成長的經歷。好的故事、引人的情節、雋逸的文筆不單能為新一代開啟知識之門，讓思想騰飛，還能接觸社會內不同的價值取向、人際交往關係之錯綜複雜面。

《香港兒童文學名家精選》包含的故事仍是我們推動兒童閱讀的工作者經常採用的。它不單將本港兒童文學作出一個較為整全的匯聚，同時亦為父母提供了一個安心的選擇，羅列了多元化、鼓勵兒童閱讀的好作品。

謹此向一羣努力耕耘、陪伴兒童成長的文學家前輩和翹楚致敬……

羅淑君
香港小童群益會總幹事

作者自序

我喜歡兒童

劉惠瓊

我喜歡兒童，兒童喜歡聽故事，我說故事給兒童聽。我曾說故事給全港的兒童聽，我還曾說故事給全東南亞的兒童聽。

我喜歡兒童，兒童喜歡閱讀故事，我寫故事給兒童閱讀。我寫過無數的生活故事、童話及寓言，印成書本，給兒童閱讀，他們感到滿足，我更感到滿足！

我喜歡兒童，於是鑽研兒童文學。兒童文學是以兒童為中心，是兒童所能了解而又為他們所喜愛的文學。兒童文學，先要了解兒童的內心世界，才可以寫成兒童真正喜愛的東西。

要了解兒童的內心世界，多和兒童在一起是非常重要的。我為了喜歡兒童，為了要寫故事給兒童閱讀，便常常去接近兒童。只要有好的故事圖書，兒童一定喜歡閱讀的。

現在新雅文化事業有限公司為了激發起兒童閱讀課外圖書的興趣，出版一套《香港兒童文學名家精選》，我特選出六篇作品。

《動物園的秘密》敍述管理動物園的老祖父和他的小孫女的故事。他們一向相安無事，只因有一天，小孫女失掉心愛的玩具，在一個晚上，奇怪的事便發生了。為了協助小孫女去找尋那失蹤的玩

具，所有動物都醒來，一同出發。幾經險阻，終於找回那玩具。內容充分表達互助、友愛、勇敢、機警，同時也提示世上充滿奸詐、欺騙、誘惑，小朋友不可不防的。

這個故事出版後，不但深得小朋友的喜愛，也引起成人的興趣，當時一位很有名氣的電影導演，計劃把它拍成電影，曾約我會面洽商。我也曾把它編成廣播劇，在我的兒童節目播出，參加播出的小朋友，有杜國威、關維鵬（泰迪羅賓）、岑南羚、鄧拱璧等，他們現已在演藝範疇上各展所長，各有成就，這應是他們小時候參加兒童節目廣播劇所影響的。

《一毛錢的自傳》是假借一毛錢的遭遇，描寫這一毛錢，別人看來，是毫無價值的，可是這可憐的姐弟，卻視之為活命的恩物。我寫這個故事的動機，是想喚起小朋友們的同情心。眼見香港的兒童，生活太豐富了，養尊處優，不知艱難，任何喜愛都唾手可得，也應讓他們放眼世界，有歡樂也有悲傷。在我寫的許多故事中，這是我較為喜歡的一個。

最後，我要感謝馬輝洪先生的幫忙，讓本書得以順利出版。

作家訪談

因為不願依書直說而創作的
兒童文學作家

——劉惠瓊

因為不願依書直說而創作的兒童文學作家
—— *劉惠瓊*

「劉惠瓊」，「劉姐姐」——對於現在的小朋友來說，這個名字和稱呼可能有點陌生，但對於上世紀四、五十年代的兒童來說，這個名字不但熟悉和親切，而且很有號召力呢！因為她當時在電台擔任兒童節目廣播，每天都為兒童講故事，和兒童玩各種有趣益智的遊戲。「劉姐姐」，這是當時大眾對她的親熱稱呼。

不願每天都拿着別人的故事來依書直說

曾擔任兒童節目廣播的劉姐姐，雖然現在已年過九十，但聲音仍是那麼的清澈動聽。她向我講述如何走上兒童文學創作的道路。

「1948 年，我擔任『香港電台』和『麗的呼聲』的兒童節目廣播，節目中有講故事，有常識問

1949 年，劉姐姐在給兒童廣播。

答遊戲等。因為講故事有一個時間限制，有一定的長短，不能超過廣播時間，於是我便需要根據這種情況來寫故事。當時講給小朋友聽的故事也分年齡和時段，年齡幼小的，我給他們講童話故事，故事會較短；年齡大一些的，便給他們講生活故事，故事會長些。

「更重要的，是我不願每天都拿着別人的故事來依書直說，我有我的理想，有我的想像力，於是便自己寫故事。後來這些故事結集為《劉姐姐講故事》，多數篇幅很短，內容是益智和有教育意義的。」

接觸個性不同的孩子令我寫作靈感源源不絕

回想起昔日的歲月，劉姐姐充滿自豪感，那時候，她不但為小朋友講故事，解答疑難，而且還組織節奏樂隊、兒童劇團、兒童合唱團等。每天和孩子們打交道，近距離接觸大批個性不同的孩子，於是寫作靈感也就源源不絕地湧現於劉姐姐的腦海中，由此她寫出了一個個生活氣息濃厚，真切地反映孩子心聲的作品。劉姐姐以「潔瑩」為筆名寫的《一個好學生日記》便是這樣來的。

「有一天，一個中學生來電台找我，她十分乖巧和有禮貌，我很喜歡她。後來，她經常來探望我。每次來，她都會幫我做一些工作，並且把她們學校發生的一些事情講給我聽。望着她，我突然產生靈感，就以她作為『模特兒』，以潔瑩的筆名，用第一身的方式，寫一個十三、四歲的女孩子在學校和家庭中所發生的

事情。這個故事在《華僑日報》的《兒童週刊》連載，引起了很多讀者的共鳴，潔瑩一下子成為當時好學生、好女兒和好姊姊的典範。

「又例如寫《慢吞吞國》，當時我看到有的小朋友做什麼事情都是慢吞吞的，他們的父母怎麼教導也不見效，於是我便寫了這個故事。我是想告訴小朋友做事不要太慢，若真的很慢，會令自己遇到很多難堪的事，很多不愉快的事。可以說，這個故事是『有所為而寫』。小朋友讀後覺得很有趣，有的家長也對我說，孩子讀了這個故事後，做事慢吞吞的情況真的有所改善，這令我很高興。」

專業知識令我容易捉摸兒童心理

劉姐姐在大學讀的是教育系，兒童心理佔重要的一科，到實際應用於寫作之時，令劉姐姐可以收放自如。她說：「兒童不同於成年人，讀兒童心理學令我設身處地去看待兒童，知道他們想什麼，做什麼，希望什麼，了解他們的內心世界，否則只是看到兒童的表面。成年人有時以為他們有些行為是亂說亂動，於是就對他們加以指責，但其實這是錯的。兒童心理學教曉我要想兒童所想，並借故事把他們的心理表達出來，希望能把他們的一些錯誤行為也糾正過來。」

劉姐姐認為：兒童文學是以兒童為中心，是兒童所喜愛又是他們所能了解的一種文學。一本兒童讀物若能使兒童讀得愛不釋

手，那就是兒童文學很成功的例子了。她説：「例如《格林童話》和《安徒生童話》就是很優秀的作品。《賣火柴的女孩》令我十分感動，看了一次又一次。《漁夫和金魚》講述漁夫的善良和盲目地聽從老婆的指示，漁夫老婆的貪心，小金魚

1960 年，劉姐姐在編輯《兒童報》。

的靈性等，這些都很吸引人，也帶給我反思。」

導師 Miss Cass 對我寫作影響最大

　　談到哪一位作家對自己的寫作影響最大，劉姐姐説：「我在英國倫敦大學進修時的一位導師 Miss Cass 對我的寫作影響最大，她是英國著名的兒童文學作家。她為了寫貓的故事，家裏特別飼養七隻不同種類的貓兒，每天仔細地觀察貓兒的特性、習慣和動作，最後在她的作品中把貓兒寫得活靈活現，把牠們的神髓精確地表達出來。這令我非常欽佩。她説：將實質與虛構交替運用寫

成的故事，才足以誘導兒童的想像力。她對寫作的認真態度，令我佩服而甘於向她學習。」

回憶創作生涯中難忘的事和趣事，劉姐姐說十分多，當中以讀者對《一個好學生日記》的反應最令她難忘。「剛才我提到過的《一個好學生日記》是我的得意之作，我採用潔瑩這個筆名描寫中學生的事，當時的讀者都以為真有其人，非常崇拜她，紛紛寫信到出版社希望和她見面，並希望和她做朋友。有一天，一位讀者捧着一束花到出版社，要求見見潔瑩，並親自把花送給她。噢，我哪裏去找出一個真的潔瑩呢！哈哈，這是一件我最難忘的事。」

我特別喜愛的作品是《港生自傳》

劉姐姐創作涉及的體裁十分多，包括：童話、寓言、兒童故事、兒歌、散文、兒童劇本及遊記等，當中以兒童故事感人最深。她真切地關注她那個年代的兒童和少年，寫出了上世紀四、五十年代兒童的困苦和他們的自強，也寫出上世紀六、七十年代兒童的朝氣以及他們生活的改變，富有生活氣息，也讓讀者從她的作品中感受到社會的變化。每一個故事都體現出人性中的那種關愛和善良，令人感動。當中有的故事更是以「兒童代言人」的身分向社會作出批判和控訴。

劉姐姐說：「如果要我從自己創作的故事中嚴格選出特別喜愛的，那麼我會選出《港生自傳》。這故事描寫了窮孩子在香港

那艱苦的和被忽略的生活，以及孩子奮鬥的經過。因為接近我的孩子當中有不少是家境清貧的，很多時我都以他們為寫作對象，向社會提出控訴。」

其實除了《港生自傳》之外，《擦鞋童》、《敏兒的假期》和收集在本書中的《一毛錢的自傳》都是這類作品，由此可以見到劉姐姐對兒童的關愛，並不僅僅是表面上的精神引導，更是深層次的實質關懷。

晚年淡薄以明志，悠然以自娛

因為兒女都在加拿大，劉姐姐退休後，於 1987 和丈夫移居加拿大溫哥華。

熱愛寫作的劉姐姐，到了加拿大之後，也沒有停止過寫作。不過那些作品，她只給至愛親朋及好友欣賞，並沒有公開出售，因為由打字、印刷、釘裝到設計封面等等程序，都是她和丈夫在家裏的電腦室完成。她覺得，自己設計製作的圖書，比從印刷廠印出來的更合心意，這樣的書已印六、七本了。

2002 年，劉姐姐把她自製的圖書，連同她一生所有的著作捐獻給香港中文大學的香港文學特藏館，為香港兒童文學的研究留下了非常珍貴的史料。

回首過去的歲月，暢談生活的近況，劉姐姐很感恩地説：「我現在生活舒適，既無所需，亦無所求，淡薄以明志，悠然以自娛。我的家庭算得上美滿幸福，我和我的老伴，相識於戰前，結婚於

戰亂中，互助互愛，轉眼已六十八載了。一對子女學有所成，我現在是四代同堂。我常常感謝上蒼給我厚遇，給我遇到一個知我諒我的老伴，同攜白首。又賜我兩個聰敏過人的兒女，人生如此，夫復何求。」

　　遠在加拿大的劉姐姐，通過電話和我完成了這番訪談。最後，她說：「忘記年齡，令自己永遠年輕。這是最好的格言。」

1987 年，劉姐姐和丈夫攝於加拿大溫哥華。

童話篇

動物園的秘密

1. 動物園

離市區不遠，有一個幽雅的地方，周圍長着蒼綠的老松。沿着樹陰下的那條羊腸小路走過去，走到盡頭的地方，便出現了一排圍牆，正中開着一扇圓門，門上面懸着一塊黑色的牌子，牌子漆着「動物園」三個金字。

進了園門，就是前院。在那裏可以看見整齊地排列着幾列平房，房子和普通人住的沒有兩樣，只是前面沒有牆，而代替的是鐵欄柵，這是養野獸的地方。

前院走盡了，又是一道圍牆，一扇圓門，通過圓門便是後院。

那裏瀰漫着芬芳的氣味，到處長着五色繽紛的花朵，有些自然地點綴在綠草之間，有些堆砌成各式的花圃，蜜蜂蝴蝶在飛舞，這是牠們自由自在地生活的世界。

那邊的角落裏，屹然長着一棵老松樹，一間小茅屋是倚着樹幹建成的，裏面住着祖孫二人，那個祖父就是這所

動物園的看管人，年紀很老了；那個孫女是個天真活潑而又能幹的女孩子，每天幫着祖父工作，他們的生活，倒也過得十分愉快。

2. 紅臉白鬚公和蘋果臉

祖父的確很老了，雪白的頭髮，襯上雪白的鬍鬚。他姓李，所以大家都稱他做李老伯。他在動物園工作，已經二十多年了。當他初到這裏的時候，他還很年青，性情很沉靜，每天工作完了，老是把竹椅搬到樹下坐着，嘴含着煙斗，出神地望着遠處的天空，好像想着許多心事。一年復一年，這樣一下子又是十多年了。有一次，他接到一封信之後，請了幾過月假回家鄉，歸來的時候，攜帶的除了行李之外，還抱着一個嬰孩。原來他的女兒去世了，遺下了這個孤女，從此要由他來撫養了。

以後，他不像從前那麼沉默了，做起事來也似乎特別起勁，每天他忙於餵養野獸，培植花草，還要分出大部分的時間來照顧孫女。不過，從那天真的一啼一笑之間，他也得到無限樂趣，臉上常常露出了笑容。

光陰像飛鳥一般在人們的眼前一掠而過，六年前的嬰

孩現在已經長成一個活潑而健康的小姑娘了。她那雙烏溜溜的眼珠，那張圓圓的笑臉，那對微笑時出現在兩頰上的梨渦，那種白裏透紅的肌膚，真是人見人愛；她的臉好像一個熟透了的蘋果，因此，大家就叫她做「蘋果臉」；她的名字叫做「小碧」，倒被人忘記得乾乾淨淨了。

她不但模樣兒長得漂亮，而且性情很溫柔，做事又能幹，每天幫了公公不少的忙。老頭子越來越老了，臉上的皺紋增加了，鬚髮白了，只是精神還很好。他最喜歡喝酒，喝醉了，便滿臉通紅，樣子怪有趣的，因此人人都叫他做「紅臉白鬚公」。

3. 一件心愛的玩具

有時，紅臉白鬚公喝醉了，一睡便是半天。在這個時候，跟蘋果臉作伴的就是冬冬。冬冬是一個會打鼓的洋娃娃，因為它打起鼓來，會發出鼕鼕的聲音，因此就得了這個名字。

說起冬冬，實在有一段很長的歷史，它本來是屬於小吉的。小吉是一個很可愛的孩子，因為常常到動物園來遊玩，就跟蘋果臉相識了，大家做起朋友來。

　　有一個星期天，像往常的假期一樣，小吉跟着爸爸和媽媽又到動物園來遊玩，那天的遊人特別擁擠。到了傍晚的時候，遊客們紛紛遊罷回去了，蘋果臉正在幫助公公打掃地方，忽然發現獸籠前面擱着一包東西，她打開一看，原來是一個很有趣的會打鼓的洋娃娃；她拿給公公看，不絕地稱讚這個洋娃娃好玩，而且鼓的聲音也好聽。

蘋果臉最喜歡玩具，因此她愛不釋手地撫玩着它。過了一會兒，她忽然若有所悟，輕輕地咬了一下嘴唇，連忙把洋娃娃照原來一樣包好，交給公公說：「公公，請你把它放好吧，我想這一定是遊客失掉的，相信一會兒就會來找尋的。公公，這洋娃娃我很喜歡，不過，別人的東西，我不能要，對嗎？」

「對的，這才是我的好孫女。」公公捋着白鬚，顯得很高興的樣子，繼續說：「如果有人來找尋的時候，你要問清楚，才交還他啊！」說着他便把洋娃娃帶到屋子裏去了。

蘋果臉正繼續打掃地方，忽然聽見有人叫：「蘋果臉，蘋果臉！」

她嚇得跳起來，連忙回頭一望，原來是小吉，她故意生氣地說：「小吉，你差一點把人家嚇死了。怎麼你又回來了？」

「我是來找⋯⋯」

「你來找你的玩具？」蘋果臉搶着說，但是她馬上伸着舌頭心裏想：糟糕透了，公公不是要我先問個清楚嗎？還好，幸虧我沒有完全說出來，我只說了玩具罷了。於是她又一本正經地問：「小吉，現在我問你，你的玩具是什

麼樣的？」

「你問我嗎？」小吉慢吞吞地說，「我當然知道啦，因為東西是我的。但是我先問你，你喜歡不喜歡它？」

「我？當然喜歡啦，它又會打鼓……」蘋果臉又猛然地醒覺，知道她在無意之中，又把秘密洩漏了。

小吉看見她那副尷尬的樣子，不覺大笑說：「幹嗎要急成這樣子！其實東西的確是我的，那是一個會打鼓的洋娃娃，我今天特地把它帶來送給你的，不料我竟失掉了，我想一定是掉在這裏，所以特地回來找尋一下。」

「你是說把它送給我的？」蘋果臉又驚又喜，她說話的聲音，也有點發抖了。

「是的，蘋果臉，怎樣啦，你不喜歡它嗎？」

「不，不，我喜歡它，可是公公說過，要是別人失掉的東西，應該還給人。」

「那本來是我送給你的，你當真可以要啦；要是你不要，那你以前送給我的小花環、小紅葉，我也要還給你了。」

蘋果臉低頭想想，便跑到小房子裏，去徵求她公公的意思。當她遇到難以解決的問題的時候，她的公公就是惟一能夠代她解決的人了。當公公叫她收下小吉的禮物，她

真是高興極了，緊握着小吉的手，跳躍着説：「謝謝你，公公答應了。」

從此，冬冬便屬於蘋果臉的了。

4. 奇怪的晚上

蘋果臉愛護冬冬，簡直好像母親愛護兒女一樣，處處都很關心。她常常溫柔地對它説：「冬冬，我的乖寶貝，你會叫媽媽嗎？唔，你不會的，你只會打鼓是不是？」

她用一個盒子替冬冬做了一個搖籃，盒子裏鋪着羽毛的墊子，還有一張漂亮的花布被子。每次她在把它放落搖籃之後，總替它蓋好被子，然後就給它唱着動聽的催眠曲。

有一天晚上，月色朦朧，星光黯淡，四周靜得很。除了蟲兒的細語外，再沒有別的聲響了。突然，一陣狂風從窗外吹進來，把蘋果臉驚醒了。她立時想到冬冬也許會受涼，於是趕快起來，摸索到小搖籃的旁邊。但是，在模糊中，發現小被窩打開了，冬冬不見了。她急得把眼睛搓揉一下，再看看，可是，冬冬真的失蹤了，她急得哭了出來。

後來，她靜靜地想，她記得傍晚的時候，她抱着冬冬到前院乘涼，當時好像把它放在石椅上的，後來公公叫她

吃飯，難道在匆忙間把冬冬忘了嗎？如果是這樣，冬冬一定還在那裏的。於是她不顧外面的風是怎樣大，也不顧夜是黑得怎樣的可怕，她一直跑出去，風搖動着那些樹木，發出咆哮的聲音，好像野獸們向她撲過來似的。她被嚇得倒退了幾步，但是，為了冬冬，便勇氣百倍了，終於挺起胸膛，踏着大步，跑到前院去了。

到了前院，她的心安定了許多，因為欄裏的野獸很安靜。再說牠們都是好朋友，平常是她親手餵養的，她還替牠們起了許多很好的名字。譬如那隻拖長鼻子的小象叫做「小長鼻」，那隻頭上披着長毛的小雄獅叫做「毛蓬蓬」，那隻全身布滿斑點的小豹叫做「小花衫」，那隻有着細長的小腿的小鹿叫做「小長腳」，還有一隻尾巴很長的狐狸，叫做「小長尾」……

她勇敢地想走到石椅那裏去找尋冬冬的時候，忽然聽見輕微的聲音，好像在說話。她吃驚地退到黑暗的角落裏，心裏想：「在這深夜裏，還有誰留在這個地方呢？但分明是人在說話啊！難道是小偷偷了進來？」她的心不由得便卜卜地跳起來了，然而，仔細地靜聽了一會兒之後，覺得那聲音好像是從野獸欄裏發出來的；野獸竟會說話？她的恐怖被好奇心驅走了，她就這樣躲着來聽牠們說話。

「我被困在這裏，真是倒霉極了！從前在森林裏，大家都尊我為『萬獸之王』。那時我多麼威風啊！但是，現在，我每天只是待在這裏給人家賞玩，哼，真沒意思！」

跟着便是一陣怒吼，表示牠的心頭的憤恨，蘋果臉暗暗地想着這一定就是小雄獅毛蓬蓬的聲音了。沒多久，又聽見一陣柔滑的聲音說：「毛大哥，誰叫你當初恃強來追逐我啊？要不然，你就不會入了獵人的陷阱呢。」這分明是小長尾的聲音。

「小長尾，不要提以往的事好不好？因為提起來，我就會傷心了。」

聲音是這樣穩重而低沉的，蘋果臉想：「這也許是小長鼻說的。」果然不出所料，因為另一種聲音又在說話了。

「小長鼻，你說得對啊，一提起往事來，便叫我想起媽媽了。」這一定是小長腳說的。可不是嗎？小長鼻跟着便回答牠了。

「小長腳，你也不必難過了，其實，我們在這裏，和蘋果臉在一起，也不錯啊！蘋果臉不是對我們很好嗎？」

「不錯，小長鼻，我很同意你的說法，蘋果臉的確很仁慈，但我不相信人類都是仁慈的。」這又是小長尾柔滑的聲音，牠繼續說：「對了，我想起一件事來了，蘋果臉

剛才把她的冬冬丟在石椅上，現在卻不見了，你們知道冬冬現在到哪裏去了？」

蘋果臉聽見小長尾這麼説，再也忍不住了，她從黑暗的角落裏衝出來，走到小長尾的鐵欄前面，急切地説：「小長尾，請告訴我，冬冬到底跑到哪裏去了？」

她的聲音倒把野獸們嚇呆了，過了許久，毛蓬蓬才説：「怎麼啦？蘋果臉，你竟然偷聽我們説話嗎？」

「偷聽人家説話是極不好的，蘋果臉應該要趕快改過。」小長尾一本正經地説。

蘋果臉着急了，她婉轉地説：「請你們原諒我！我不是故意偷聽的，我是來找尋冬冬，無意中聽到你們説話罷了。小長尾，請你告訴我吧，我的冬冬到底哪裏去了？」

「要我告訴你嗎？」小長尾跟着狡猾地微笑一下，繼續慢吞吞地説：「可以的。不過，就算告訴了你，你也很難找到它了！」

5. 出發前

蘋果臉聽了更着急了，她向小長尾哀求説：「小長尾，告訴我吧，我的冬冬到底哪裏去了？」

「蘋果臉，老實告訴你吧！你的冬冬已經離開這兒很遠很遠了，就算告訴了你，你也沒有辦法可以把它找回來的，除非你放了我，我就可以帶你去找了。」說着，小長尾很狡猾地瞇一瞇眼睛。

「放了你？不，我不能這樣做，因為公公要罵我的，小長尾，請好心告訴我吧！到底冬冬到哪裏去了呢？」

於是小長尾告訴她：「黃昏的時候，冬冬躺在石椅上，後來有一隻老鷹飛來，把它抓住就飛去了。在離這兒很遠很遠的地方，有一個青青海，青青海上有青青島，青青島上有青青山，青青山上有青青洞，那隻老鷹就住在這青青洞裏。」

37

蘋果臉聽了連忙説：「給老鷹抓去了？那我永遠不能夠再見我的冬冬了！」

小長尾笑了一笑説：「看你急成這個樣子！我不是説可以帶你去找它嗎？而且，我可以保證明天早上就可以趕回來的，你的公公現在睡着了，等他醒來的時候，我們早已經回到這兒了，他不會知道我們曾經到過外面的。」

蘋果臉默默地想了一會兒，對於小長尾的提議，她終於同意了；小長鼻立刻嚷着要陪着一同去，但是小長尾認為牠跟着去不方便。毛蓬蓬、小長腳和小花衫卻一致贊成小長鼻的意見，並且牠們也要求跟去，因為這樣可以在路上隨時給蘋果臉幫忙。蘋果臉也同意這一點，終於決定大家一起去。但是鐵欄的鑰匙是放在公公的衣袋裏的，小長尾低聲對蘋果臉説了幾句話之後，她便飛一般跑到後院去了。

6. 出賣朋友的小長尾

一切都進行得很順利，蘋果臉把鑰匙偷到手了，把鐵欄的門打開了，野獸都給放了出來。野獸們個個都伸伸懶腰，舒展一下筋骨，又深深地呼吸一下自由的空氣，然後

抖擻精神，準備出發了。

蘋果臉謹慎地把鑰匙放在袋子裏，心兒卜卜地跳個不停。因為她知道偷竊是可恥的行為，然而她終於找出安慰自己的理由說：「這是無可奈何才這樣做啊！」

她和野獸們走出了動物園，月亮正從樹梢慢慢地上升，好像一個婀娜多姿的小姐，突然在人叢中出現。它的光輝照着田野，把一切都鍍上了銀色。輕風吹過，帶着植物芬芳。久困於動物園裏的野獸們，馬上覺得精神清爽，牠們踏着整齊的步伐，很愉快地向着那條小路前進。

走了不遠，就到了一個森林的進口。月亮忽然被一簇黑雲掩蓋着，四周又恢復了黑暗。這羣冒險者摸進森林，只覺得樹木縱橫，根幹盤桓。蘋果臉差點給樹根絆倒了，幸虧得到毛蓬蓬的扶掖。

牠們繼續在黑暗中摸索，彼此高聲叫喚着名字，因為不這樣就會走失了路。然而，在牠們的叫喚中，忽然聽不見小長尾的回答。

小長尾失蹤了！

這羣朋友不由得震驚起來，深怕小長尾會陷入獵人的陷阱。小長鼻首先自告奮勇地要去救牠，跟着大家也嚷着要一起去，牠們明知這是一件最危險的事，但是也是義不

容辭的事。

於是，牠們向四周觀察一下，忽然發現前面有一點燈光，若隱若現，蘋果臉認定那就是獵人的家，如果去到獵人家的附近，或許可以打聽出一點消息來。牠們便決定向着燈光前進。

一點也不錯，那燈光果然是從獵人——「黑眉毛」的家發出的。

原來小長尾是黑眉毛的老搭檔，從前牠常常幫他引誘山林裏的朋友們落入圈套，牠就因此獲得報酬。他們最後的一次勾當就是誘捕毛蓬蓬，想不到牠自己同時落網，被賣到動物園去。現在既然獲得自由，便趁着這難得的機會，溜回黑眉毛那裏去找牠的舊主人。

牠的突然出現，起初使黑眉毛覺得有點奇怪。小長尾立刻向他說明自己的來意。牠說：

「靠我的聰明，我替你騙來了一個漂亮的小女孩，還有她的一羣朋友：小雄獅啦，小象啦，小花豹啦，小鹿啦，她們從動物園走出來，現在已經來到這兒的附近了。但是我先要問你，你拿什麼來酬謝我呢？」

「小長尾，我以為你這樣問是多餘的，我們是第一次交易嗎？總之，雞啦、鴨啦、鵝啦，隨便你要多少，便給

你多少。」黑眉毛拍拍胸膛，好像非常慷慨地説。

「那女孩子⋯⋯要歸我有。」小長尾有點不安地説。

「絕對沒有問題。」黑眉毛不加考慮地説，「我只要那些野獸就夠了，女孩子對我是毫無用處的，歸你好了。

一切條件談妥之後，小長尾便開始進行這宗出賣朋友的勾當⋯⋯

蘋果臉和她的同伴正在漆黑的森林裏摸索，大家冒着危險去救牠們失散的朋友。躲在黑暗裏的小長尾看見她們越來越近了，就故意地抖着聲音叫着：「救命啊！救救我的命啊！」

大夥都聽清楚是小長尾的叫聲，牠們顯得更緊張，便

不顧一切地向前跑去。大家只有一顆相同的心，就是為了救朋友。黑眉毛已經把槍準備好了，看見牠們漸漸走近，便瞄準放了一槍。槍聲驚動了牠們，一陣慌亂，大家各自竄奔，小長腳在慌忙中跌落了陷阱。

　　一場驚亂之後，便聽見有陣呻吟的聲音從不遠的地方傳來。

　　「誰受傷了？」毛蓬蓬失驚地叫着。

　　「大概是蘋果臉！」小長鼻急得直跳起來。

　　「不是我，我在這裏呢！」蘋果臉顫聲地回答道，「也許是小花衫。」

　　「也不是我，但是，不管是誰，總應該趕快去看看。」

　　牠們跟着呻吟聲前進，果然在那裏看見有受傷的伙伴，好像一袋破棉絮一般擱在路旁。大家仔細看看，原來正是牠們要尋找的小長尾，牠已經受了傷，是被黑眉毛剛才開的槍所誤中的。

　　但是小長尾以為黑眉毛是有意的，心裏恨極了。牠一邊呻吟，一邊咒罵道：「黑眉毛，你這個騙子！你捨不得給我那份報酬，所以就下這毒手嗎？想不到我小長尾竟上了你的當！」

　　「上了誰的當啊？小長尾。」蘋果臉剛好趕到來，蹲

下去，撫摸着牠，憐惜地問道。

「不要説了，還不是上了獵人的當！他答應給我報酬，可是卻向我放了槍。」小長尾氣憤憤地回答着。

「為什麼他要給你報酬呢？」毛蓬蓬帶點嚴厲地質問。

「這個⋯⋯這個完全是他不好，引誘我，要我出賣你們。」小長尾半吞半吐地説着。

「你出賣朋友？」小長鼻氣忿忿地把鼻子舉起，恨不得把小長尾捲起拋得遠遠去。

小長尾痛得更厲害了，牠哭着説：「可憐我吧，我現在已經悔改了，救救我，不要讓我死在路邊吧！」

7. 小長腳脱險

蘋果臉見小長尾確是痛得很可憐，心腸一軟，對牠憎恨的心也就減少了，正想為牠包裹傷口，但是毛蓬蓬立刻反對説：「這個狡猾的傢伙，就讓牠受到應得的懲罰，死在路邊吧！」

小長尾故意哭得更大聲了，淒淒切切地説：「毛大哥，就算我做錯吧，我已經決心改過了，難道你們不能給我一個自新的機會嗎？」

蘋果臉替牠說情，可是毛蓬蓬堅決認為小長尾是罪無可赦的，大家正在爭持不下，卻聽見遠處傳來一片悽慘的求救聲，那分明是小長腳的聲音。大家才知道小長腳中計了，毛蓬蓬極力主張立刻放下小長尾先去救小長腳，其他的動物也同意這樣做法。小長尾卻連忙說：「你們不怕獵人的槍嗎？」這句話把大家嚇住了。蘋果臉急着說：「當然怕啦，但是怎麼辦呢？」

「我倒有一個辦法，不過你們先得把我的傷口包紮好，我才能告訴你們！」

「不要上牠的當！」毛蓬蓬很暴躁地說。

「我可以向你們發誓，再不欺騙你們了，因為只有我才能騙獵人離開他的家，你們不是可以乘機進去救小長腳嗎？」小長尾說得合情合理，蘋果臉果然完全相信牠了，小長鼻也沒有反對，只有毛蓬蓬仍舊不同意，但是為了要去救小長腳，最後也只好服從大家的意見了。

蘋果臉摸了摸小長尾的傷口，它又黏又膩，似乎還淌着血。她急忙撕了半邊衣角，把小長尾的傷口紮緊。小長尾便站了起來，牠顛簸了一下說：「現在好得多了，蘋果臉，你對我這樣好，我永遠不會忘記的。好吧，現在就去吧！」

「前面這樣黑暗，我心裏有一點害怕！」小花衫畏怯地説。

「不要怕，有我帶路，我知道哪裏是有陷阱的。」

「你想我們跌落陷阱裏嗎？」毛蓬蓬暴躁地説。

「真是笑話！我不是發了誓，不再欺騙你們了嗎？我會帶你們走一條安全的路。」

牠們只得摸索着前進。

正在這時候，小長腳已經被黑眉毛綁在一張長方形的桌子上，搖擺的燭光，照着牆上掛滿了各式各樣的刀和槍，發出閃閃的可怕的光芒。

黑眉毛從牆上拿下了一把短刀，高高的舉起來，對準了小長腳的胸膛。正是肉在砧板上，小長腳自知難免一死了，便不覺悲傷地流出眼淚來。

黑眉毛正想把刀刺下去，忽然聽見外面的叫喚聲，好像是小長尾的聲音，他趕快開門向外一望，果然看見小長尾站在那裏，牠低聲對他說：「那些蠢東西都已經完全落在你的陷阱裏了，你還不趕快去捕捉牠們？」

黑眉毛一聽見，便興高采烈地丟下了手裏的短刀，拿起火把，也忘記關門便飛奔出去了。蘋果臉和她的朋友們趁着這個機會從屋旁閃出，走進屋裏，急忙把小長腳的繩索解開，恢復牠的自由。小長腳一翻身便從桌子跳下。小長鼻用鼻子把獵人丟下的小刀捲起，蘋果臉也撿起一盒火柴，小心地放在袋子裏說：「說不定將來用得着呢。」

牠們從獵人家走出來的時候，月亮已穿過了黑雲，露出了皎潔的臉兒。光明又照耀着整個森林。

8. 一塊肉

牠們藉着月亮的光輝，繼續在森林裏前進。走了不久，走到三岔路口，牠們不知道應該走哪條路。路是只有小長

尾認得的。大家便大聲叫喚牠，可是除了遠處傳來的迴聲之外，便連一點什麼也聽不見，難道小長尾又失蹤了嗎？

忽然間，一個黑影從黑暗裏閃出來，蘋果臉被嚇得全身發抖，幾乎要叫出來了。勇敢的毛蓬蓬挺身而出，掩護着她，並且大聲地喝着：「誰呀？鬼鬼祟祟的，我要把你吃掉！」

「是我，」是小長尾的聲音，「毛蓬蓬，說話要小聲一點，要不然，會給獵人聽見的，他就在這裏附近。」

「原來是你，小長尾，你快些告訴我們應該走哪條路吧！」小長鼻焦急地說，小花衫也接着說：「告訴我們，到底還要走多少路才到目的地？」

「不遠了！從這裏穿過了這森林，便可以望見青青海了！」

「那麼，你快些給我們帶路吧！帶錯了路，當心你的命！」毛蓬蓬咆哮地叫着說。

「毛蓬蓬，說話請客氣一點。你是知道的，我一向對你都是非常尊敬的。」小長尾顯得很客氣，說着舉起了一大塊肉來繼續說：「各位，我知道你們的肚子都餓了，我特地從獵人家裏偷了一塊肉來給你們吃。蘋果臉，請你不要生氣，偷東西雖然不是好的行為，但是我是為了大家的

啊！」

毛蓬蓬看見了那塊肉，態度馬上改變了，竟然握着小長尾的手説：「你的確是我最好的朋友。」這時候，大家實在餓得很，看見這一大塊美味的肉，沒有誰不饞涎欲滴的。毛蓬蓬是個急性子，馬上就想一口吞吃掉那塊肉；小長鼻連忙制止牠説：「毛蓬蓬，你難道忘記了大夥，想自己獨佔嗎？我們應該合理分配。」

「合理分配？是我要多些，你們要少些嗎？」毛蓬蓬氣憤憤地説。

「不是的，合理分配就是大家所得的東西應該合情理，蘋果臉，你説是不是？」小花衫很慎重地説。

「是的，我記得公公給大家吃東西的時候，也是根據大家的食量來分配的，我們也應該這樣

分，誰也不能過多或過少。」聽明白蘋果臉的解釋，大家一致擁護「合理分配」了。

毛蓬蓬無可奈何地説：「也好，我來咬開一份份吧。」

「這怎麼行，太不合衞生了！」小花衫的意見，大家也認為有理。蘋果臉沉思了一會兒，忽然高興地説：「小長鼻，你不是從獵人家裏拿了一把短刀嗎？」

小長鼻擺了一下牠的短尾巴説：「是的，我的記性真壞，要不是你提起來，我簡直忘記了。」

牠張開嘴巴，從牙縫裏跌出那把短刀來。小長尾立刻把短刀搶在手裏説：「讓我來分吧！」牠又偷偷在毛蓬蓬的耳邊低聲説：「我給你一份大的。」

小長尾果然把肉切作一份大一份小，毛蓬蓬乘機搶了那份大的，大家都覺得牠太自私，逼牠馬上把那塊肉拿出來，誰知毛蓬蓬捨不得，於是牠們扭作一團，幾乎要打起來了。小花衫看見情形不對，連忙警告大家別中人家的詭計。小花衫用盡氣力提高了嗓子叫着：「大家不要爭啊！不要為小利而傷了朋友的感情啊！」可是牠們在這個時候，怎肯聽從牠的話，牠們叫囂着，打了起來。蘋果臉嚇得臉青唇白，腿也發軟，幾乎站也站不穩了，幸虧小長鼻及時把她扶住，安置在一棵樹下暫避，小長鼻再挺身加入戰團

去制止牠們動武。

蘋果臉蹲在樹下嚇得直發抖，希望這場打鬥快些結束，忽然聽見後面有叫喚她的聲音。她失驚地回頭一看，原來是小長尾。牠說：「蘋果臉，你看牠們正打得落花流水，不知道要打到什麼時候才完結，看這情形，明天恐怕也趕不回去了！」小長尾一邊說，一邊轉動牠那雙狡猾的眼睛。

蘋果臉不知是詭計，果然焦急非常。小長尾便更進一步說：「跟我先走吧，牠們打完了自然會追上我們的。」

蘋果臉覺得也有道理，便跟着小長尾走了。等到小長鼻發覺蘋果臉不見了的時候，蘋果臉已經離開很久了。

小長鼻連忙對大夥道：「不好了！蘋果臉準是給小長尾拐走了！」

大家聽了這些話立刻靜下來，這場惡鬥也就此結束了。

9. 渡海

蘋果臉跟着小長尾在森林走着。小長尾跑得非常快，蘋果臉看看快要跑不動了，便要求小長尾休息一下。但是小長尾搖頭說：「快走，不要停留！因為這裏有一個『吃人王』，遇上了牠準沒命，越快離開這個危險地方越好。

你聽，那不是浪濤聲嗎？就快到青青海了，一過了海就是青青島，你馬上就可以找到冬冬了，還不快些走？」

　　為了想馬上找到冬冬，蘋果臉真的忘記了疲倦，腳步也加快了。可是走呀走的，一個不小心，樹根把她絆倒了，她嚇得大聲叫了起來，小長尾連忙把她扶起，不管她有沒有受傷，一味催她趕路。

　　忽然，後面好像有奔跑的腳步聲，蘋果臉認定是毛蓬蓬牠們追來了，但是小長尾卻恐嚇她，說是「吃人王」在跟蹤。蘋果臉聽見了嚇得心慌意亂，只好沒命地跟着跑。走盡了森林，便是一片遼闊的沙灘，海浪衝擊着岸邊，濺起一陣陣白色的泡沫又退回去，發出沙沙的聲音，好像一

陣陣急雨。蘋果臉驟然覺得前路茫茫，真有點孤零零的感覺，她緊緊靠着小長尾，頻頻回顧，盼望毛蓬蓬牠們快些趕到來。

她們到了岸邊，看見木樁上繫着一隻小船，隨着波浪上落着。小長尾認為這簡直是上天給牠們的幫助。牠推着蘋果臉説：「跳下去！」

蘋果臉猶豫了一會兒説：「這裏只有這隻小船，等一會兒毛蓬蓬牠們怎樣渡海呢？我們不如就在這裏休息一下，等牠們來了，一起過海吧。」

「你要等就自個兒在此等好了。」小長尾生氣地説。

「小長尾，我獨個兒怎敢留下呢？」蘋果臉畏怯怯地説。

「那麼，你就立刻跟我過海吧。」

蘋果臉沒奈何，就解開繫船的纜，牠們先後跳下去，搖起木槳，小船就在茫茫的大海中前進。

蘋果臉剛才聽見的腳步聲，不過是風吹樹葉的聲音罷了。因為毛蓬蓬牠們還離得很遠，牠們正在到處找尋蘋果臉，而且一邊找尋，一邊互相埋怨。毛蓬蓬很慚愧地説：「這都是我的錯，為了貪吃多些，便把一切都忘記了。我中了小長尾的詭計！」

小長鼻安慰牠們説：「事到如今，後悔也沒用，我們惟有趕快設法去找尋蘋果臉吧！」

10. 做木筏

毛蓬蓬一夥在路上一邊走，一邊叫喚着蘋果臉的名字。牠們走了許久，沒發現一點蹤影。毛蓬蓬不覺頹喪地説：「到哪裏才能找到她呢？」

「毛蓬蓬，別洩氣，我們應該繼續前進才對啊！」小花衫很嚴肅地説。

「小花衫！」毛蓬蓬忽然溜動牠那雙炯炯有神的眼睛説：「我倒有一個新的主意。」

「什麼主意？」大家齊聲問着。

「我們為什麼不趁着這機會逃入森林，那麼，你們可以恢復自由，我也可以恢復我的王位了。」

小長鼻擺動牠的長鼻不屑地説：「你萬萬不能有這種念頭，我們應該守信用。信用是最重要的，要是我們一次失信，人家就永遠不會相信我們了。況且蘋果臉平時對我們這樣好，我們怎能忍心丟下她不管呢？」

「算了，算了！我也不過隨便説説罷了。既然這樣，

我就放棄這個主意吧。」毛蓬蓬很爽快地説。

「這樣才是夠義氣的毛蓬蓬啊！」小長鼻説着，舉起鼻子捲成一個圓圈來表示牠衷心的愉快。

牠們又繼續走了不少的路。月亮已升到中天，看情形，大概已到午夜的時候了，牠們的心裏很焦急，因為要是真的找不着蘋果臉，牠們怎好回到動物園去呢？大家正是徬徨焦灼的時候，毛蓬蓬忽然叫起來説：「你們聽！那不是浪聲嗎？」

「不錯，我的聽覺最敏鋭的，這明明是波浪的聲音。」小花衫也點頭説。

小長鼻舉起前腳，全身站起來説：「前面就是海啦！那一定就是青青海了。」

大家聽了這個消息真是高興極了！牠們猜測蘋果臉必定走這條路的。也許牠們太興奮了，所以走起路也特別快，牠們很快便到了海邊。

面前是一片漆黑的海，看不見對岸，擺在面前最大的困難，就是沒有渡海的工具。牠們感到束手無策，到了絕望的境地，一個個沒精打采地退到樹林旁邊，有些站着，有些蹲着，有些跳躍着，有些嚷着：「前路走不通，不如回去吧！」只有小長鼻伏在一棵老樹下靜靜地想辦法。忽

然聽見從樹上傳來一陣輕微的聲音，毛蓬蓬猛地跳起來，大聲一吼，說：「誰躲在樹上快給我滾下來！」

「請你說話有禮貌些！」這是樹上回答的聲音。

「喂！你究竟是什麼東西啊？」毛蓬蓬仍然咆哮着。

「我是啄木鳥，你又怎樣？」

「哦！原來是啄木鳥小姐，真對不起，請別見怪，毛蓬蓬就是個魯莽的傢伙。」小長鼻很有禮貌地說。

「我才不會見怪一個魯莽傢伙呢。不過，我想問問你們要到哪裏去呀？」

「我們去找蘋果臉，你看見她經過這裏沒有？」小長鼻一股傻勁地說。

「蘋果臉是誰啊？我並不認識，不過我剛才只看見一個女孩子跟着一隻長尾巴的野獸走過這裏。」

「就是她了。」毛蓬蓬着急地說，「她哪裏去了？快告訴我們。」

「應該懂得禮貌。你不說個『請』字，誰願意告訴你。」啄木鳥故意把聲音拉長說。

「那麼，我就說——請你告訴我吧！」毛蓬蓬無可奈何地說。

「好吧，我就告訴你，她已經跟着長尾巴的東西，乘

了小船渡海去了。」

「這用不着你説了，」毛蓬蓬搶着説，「我們早就猜中了。」

「説你是個魯莽的傢伙，一點也不錯，人家告訴了你，你也不謝一聲，再説，難道做事是靠猜的嗎？」啄木鳥有力地責問。小長鼻很佩服啄木鳥的精明，恭恭敬敬地説：「聰明的啄木鳥，請你告訴我們怎樣才可以過海？」

「你們為什麼不動腦筋想想？」啄木鳥説着閉起一隻眼睛來。「動腦筋是很重要的。連想也不想，就可以解決困難了嗎？」

「就算你説得對吧！」毛蓬蓬粗暴地説，「但是我們一時想不出辦法來。我們要趕時間的，請你快些切實告訴我們一個辦法吧！」

「辦法就在眼前，」啄木鳥帶着一點驕矜地説，「前面不就是森林嗎？森林裏不是有許多木材嗎？木材不是可以做木筏嗎？有了木筏，你們不是可以渡海了嗎？」

小長鼻留神地聽完了之後，很安詳地説：「做木筏？人類才有這種智慧，我們怎會做呢？」

「只要肯動腦筋想辦法去做總可以做到的。來吧，我的同伴可以幫助你們的，我們大家分工合作吧！」啄木鳥

很誠懇地説。

「什麼叫做分工合作？」牠們齊聲説。

「分工合作就是把工作分配好，然後合起力量去做。好吧，我們現在就動手吧！」於是啄木鳥把工作分配：啄木鳥負責啄木，小長鼻負責把樹幹推倒，小長腳跑得快，擔任搬運，毛蓬蓬和小花衫氣力大，正好擔任紮木筏。

大家都很同意這樣的分配，於是齊心合力去做。很快木材已經集齊了，牠們就用堅韌的樹皮，搓成繩子，一會兒，一隻穩固的本筏做成了。

牠們向啄木鳥致謝一番，把木筏推到水面。大家乘上木筏，便向着茫茫的大海前進了。

11. 仙人島

這時候，小長尾和蘋果臉乘着的小船已經靠岸了。

蘋果臉踏上了岸上，很畏怯地説：「這就是青青島嗎？為什麼靜悄悄地沒有半點人聲呢？」

「現在是夜深的時候，大家都睡了，哪裏會有人聲？蘋果臉，你看見前面那座山嗎？」

「我只看見一座又黑又大的東西。」

「那是青青山了，你的冬冬就在山上的洞裏了！」

蘋果臉聽了，便覺得勇氣百倍，要立刻上山去和冬冬相見，可是小長尾卻主張找個地方休息。蘋果臉再想想，覺得也是道理，因為她還希望毛蓬蓬牠們能夠及時趕到。其實小長尾卻另有打算，牠認定牠們沒有翅膀，怎也不能渡過這茫茫大海的，蘋果臉無疑已是牠囊中之物了。於是牠把她帶到一個山洞裏然後對她說：「我出去找點食物回來，你大概也很餓了！」牠便把蘋果臉留在洞裏。蘋果臉雖然很不願意，但是也無可奈何了。

洞裏是一片漆黑的，外邊不時傳來一些不知名的鳥類的叫聲，和狂風掠過樹木所發出的沙沙的聲音，她害怕得很，把兩手掩着臉兒，縮作一團。她忽然覺得有什麼東西拍拍她的肩膊，連忙抬頭一看，發現面前站着一個黑影，她驚叫一聲便昏倒了。

也不知道經過多少時候，她漸漸蘇醒過來了，看見那個黑影依舊站在面前，她便顫聲地問：「你是誰啊？」

「我是這仙人島上的自私仙人。」那個黑影回答着，他的聲音尖銳得很可怕。「你說什麼？你說這是仙人島嗎？我想我是走錯路了，因為我跟小長尾要到青青島去的。」蘋果臉很着急地叫：「小長尾！小長尾！你到哪裏去呢？」

「牠嗎？牠很好，牠已經舒舒服服地住在我哥哥的家裏了。」

「牠怎麼會住在你哥哥的家裏呢？你的哥哥又是誰啊？」蘋果臉更着急了。

「我的哥哥是虛偽仙人，統治了『虛偽村』，他和小長尾是老朋友，從前小長尾在森林裏的時候，他們也常常合作的。」

蘋果臉急得哭出來說：「怎麼辦？留下我一個人！」

自私仙人故意把聲音放得很柔和地說：「有我在這裏，你怕什麼？我佔有了『自私村』，你跟我回到『自私村』去住就是了。」

「我不去！公公說過一個人自私是不好的，你叫做『自私仙人』你一定是……」

她的話還沒有說完，便給自私仙人厲聲喝止說：「現在你沒有說話的權利了，我要你怎樣，你便要怎樣，你已經是我的奴隸了，跟我來吧！」

這時完全失去了主意的蘋果臉，哪裏敢反抗呢？只好怯生生地給自私仙人拖着走。他們穿過了漆黑的山洞，便是一個小市鎮。那裏有大街，也有小巷，但到處都積滿了穢物，充滿着一股難聞的臭味。後來他們去到一間大廈的

門前，自私仙人把門開了，拉了蘋果臉進去。他們走進一間華貴的大廳，四周牆壁，都鑲滿了寶石，閃閃發光。雕刻得很精緻的天花板上，從中央垂下一盞明燈，把客廳照得如同白晝。蘋果臉心裏想，住在這裏一定很舒服了，只可惜分不出是白天還是晚上罷了。

他們經過客廳，走盡一條長長甬道，就是一道石級，蘋果臉看見下面黑沉沉的不願意下去，可是自私仙人把她一推，她便不由自主地跌了下去。還好，她沒有受傷。她站起來看看四周，只見周圍又骯髒，又潮濕，空氣惡濁不堪，她忍不住便咳嗽起來。

自私仙人跟着也下來了。「你就住在這地方！」他用命令的口氣說：「幫我做一切工作，一點也不容許你反抗，知道嗎？」

蘋果臉處在這情形之下，她還敢說個「不」字嗎？自私仙人再吩咐一些話之後，便獨自走開了。

蘋果臉覺得悲傷絕望，想起了公公，不禁又痛哭起來。忽然覺得有人走近她的身旁，她抬頭一看，原來是一個八九歲的姑娘。這姑娘瘦弱的身體，枯黃的皮膚，一雙木木無神的眼睛，一種楚楚可憐的神態，很自然地引起她的同情心來，但是再細心一想，在這個地方還有誰會到來呢？

要不是魔鬼，就是自己的影子罷了，她便自言自語着：「你是魔鬼還是影子呢？」只聽見姑娘低聲説：「我不是魔鬼；也不是你的影子，我叫做達達，正和你一樣的不幸。」

「那你也是被自私仙人捉來的嗎？」

「不，」那姑娘的聲音有點嗚咽了，「我是自動走進來的。從前，我住在幸福村裏，有一個很可愛的家庭，家裏的人都很愛我，但是因為我太自私了，一切都替自己打算，從來不顧別人，我常常羨慕自私村人的生活，希望自己能夠做自私村的居民。終於在一個晚上，我偷偷地離開了家，跑到這裏來。來了以後，我才明白這裏的實際情形，同時我也明白自私原來是沒有半點好處的，但是我後悔也

遲了。」

達達說完後，哭得很傷心。蘋果臉本來也夠傷心的了，但是這時她只好忍住了眼淚，安慰她說：「不要哭了！我們大家來想個辦法，逃出這個地方吧。」

12. 義勇的行為

這以後，蘋果臉和達達做成了很好的朋友。蘋果臉常常安慰達達說：「等着吧，我的朋友們會來救我的，到那時你也可以跟我一起離開這個自私的地方。」但是達達卻不信任友情，因為在自私村裏，沒有真正的友情的。

有一天達達帶着一點神秘的慌張，走到蘋果臉的跟前，攤開了手掌，蘋果臉看見有一條金色的鎖匙在發光，便懷疑地望着她說：「這是幹什麼的？」

達達的聲音帶着一點顫抖說：「走吧，這是我們最好的機會了！剛才我趁着自私仙人熟睡的時候，偷了這條門匙。現在他已經到他的哥哥那邊去，不會馬上回來的，你跟我走吧！」

蘋果臉一言不發，跟着她從地窖裏走出來。

她們開了大門，走出街上。這裏的地方是達達熟悉的，

她引着蘋果臉，沿着河邊，急足狂奔。正要走出自私村的時候，突然看見前面圍着一大堆人，只聽一個女人淒切求救的聲音，她們忍不住便跑前去看個究竟。原來是一個小孩子掉在水裏。尖聲叫着的女人就是孩子的母親，她雖然叫得聲嘶力竭，可是圍觀的人，卻好像在欣賞什麼好看的戲似的，沒有誰為這件不幸的事而着急。

蘋果臉憤憤不平地大聲喊道：「你們難道沒有看見嗎？孩子快要沉下去了，還不去救他？」

「救他？」大家哄然笑起來。

「他們就是這樣的，你忘記了他們是自私村裏的人嗎？」達達低聲對蘋果臉說。

蘋果臉這時實在忍不住了，她縱身一躍，便跳下水裏去。她自己也不明白為什麼竟然有這麼大的勇氣，她本來不會游水的，但是這時倒能夠游得很快。

蘋果臉游到那小孩子的身邊，正是那孩子快要沉下的時候，她及時地一手托住他的下巴，把他拖回岸上，就這樣救了他的性命。但在旁邊看熱鬧的人，對蘋果臉的行為也並不特別讚賞，因為自私的人不懂得這種行為是可貴的。後來，母親帶着孩子走了，看熱鬧的人也散了，只剩下蘋果臉和達達。

　　蘋果臉突然覺得眼前一陣亮光，她的眼睛差點睜不開，她不覺吃驚地說：「是不是天已經亮了？」

　　「不是的，這不過是幸福仙人駕臨罷了，因為他不論去到什麼地方，都可以使黑暗變成光明的。」達達剛說完，一種溫柔的聲音跟着說：

「不錯，孩子，是我來了，我就是幸福仙人。」達達深深地向他鞠躬，現出無限的羞慚。幸福仙人撫弄着她的頭髮說：「達達，你現在已經悔過了吧？你已經知道自私村不是一個好地方了吧？假如你真的明白，你可以跟我回到幸福村去的。」

達達用感激的眼光望着幸福仙人，代替了回答。幸福仙人繼續說：「還有，蘋果臉，我也歡迎你到幸福村去！」

「你怎會知道我的名字呢？」蘋果臉又歡喜又驚慌。睜圓了眼睛望着，只見站在她面前的是一個仁慈的老翁，穿着潔白的衣服，鬚髮也白得好像銀絲，閃閃發光，剛才出現的光輝，大概就是這些光了。蘋果臉望清楚了他的樣子，便再也不懷疑他為什麼會知道她的名字。她說：「我明白了，你是仙人，你是什麼都知道的，當然知道我叫什麼了。」

「不是的，許多小孩子都以為仙人是無所不能的，其實，仙人和普通人沒有半點分別。我知道你的名字，只因為我曾經看見過你的朋友。」幸福仙人很安詳地說。

「你看見我的朋友？是毛蓬蓬牠們嗎？」蘋果臉急切地問。

「安靜些！跟我回到幸福村，你自然會明白一切了。」

13. 未完的遊藝會

「幸福村離這兒很遠嗎？」蘋果臉低聲在達達的耳邊問。

達達沉思了一會兒說：「那條路嗎？很奇怪，記得當我從那裏逃到自私村的時候，似乎只走幾步就到了，但是，後來有好幾次，我在自私村受盡了痛苦，想回到幸福村的時候，每次都覺得路好像走不完似的，於是，我又是只好半途而廢了，所以我也不曉得路有多遠。也許是這樣吧，出來的路比較近，回去的路比較遠。」

達達說話的聲音雖然很小，但是幸福仙人已聽得很清楚，他微笑地說：「路的遠近，來回都是一樣的，問題完全是人的感覺不同罷了。你可以覺得它很近。例如你，達達，當你住在幸福村的時候，你已經存有自私心，直到你決心逃走，那時候，自私村離你當然不遠了。後來，你在自私村雖然吃了不少苦頭，想回到幸福村去，但你的心還充滿着自私，幸福村自然離你很遠了。」

「原來這樣的，現在我已經決心悔過，是不是幸福村就會離得很近？」

「是的。你看前面不就是幸福村嗎？」幸福仙人用手

一指，只見前面一片明亮，青的山，綠的水，襯着紅牆綠瓦的屋子，那分明就是幸福村了。

達達高興極了，只顧往前直跑，蘋果臉跟在後面，驚惶地問着：「是不是已經天亮了？我要在天亮之前回到動物園去呢！」

達達轉過頭來安慰她說：「蘋果臉，你放心好了，那不過是幸福之光，整天整夜籠罩着幸福村的。你看，前面有不少人來歡迎我們了。」

蘋果臉望過去，果然看見前面的路上鋪滿了五色繽紛的鮮花，輕風飄着芬芳的氣味。沿途站滿了歡迎的隊伍，有男的、有女的、有老的、有少的、農夫、工人、商人、學生……大家的臉上都堆滿着笑容。

蘋果臉看見這樣多的人，她不覺有點難為情地低下了頭，忽然聽見一種熟悉的聲音在叫她，她抬頭一看，看見毛蓬蓬就站在不遠的人叢裏。她高興得跳起來，連忙撲上前去和毛蓬蓬握手，小長鼻牠們也在那裏。這樣意外的重逢，她快樂得小心兒也差點要跳出胸口了。

為了慶祝牠們的重聚，也為了歡迎牠們，幸福村的居民提議開一個遊藝會。蘋果臉卻不大贊同，說：「恐怕時間已來不及了，我們還得在天亮之前趕回動物園去呢！」

但是大家都堅決挽留，並且大家都說現在離天亮還遠得很。她覺得盛情難卻，終於答應下來了。

在一個大概可容幾萬個觀眾的廣場上，紮起了一個戲台，由於大家一起動手，一會兒，便紮成了，蘋果臉看見了這情形，不覺驚奇地說：「這個地方的人，做起事來的確夠快，快到好像是神仙施用法力助成的。」

幸福仙人站在旁邊，聽見了便很莊嚴地說：「我已經叫你不要相信神仙的法力了，要知道，大家合起來的力量，實在比什麼力量都大啊。」

戲台紮好了，大家依次入座。一會兒，遊藝節目便開始了。

第一個節目是毛蓬蓬跳火圈。毛蓬蓬毫不畏怯地走到台上，向大家拱手作揖，然後向火圈跳過去。牠那麼勇敢，那麼準確，博得一陣熱烈的掌聲。

第二個節目是小長鼻拋皮球，小長鼻的本領真不小，牠能夠用長長的鼻子把皮球拋到半天高，跌下來的時候又用鼻子接着，接着又拋高，拋高又接着，牠又敏捷，又靈活，大家拚命地鼓掌讚許。

其餘的節目有幸福村村民的唱歌和舞蹈，樣樣都是非常精彩的。

最後的一個節目是一齣獨幕劇，布景是一個小村落：在一間茅舍門前，有一棵老樹，樹下坐着一個女孩子，唱着歌。正在表演進行中，她忽然大聲叫起來說：「糟了，冬冬不見了！沒有冬冬，我怎能表演下去呢？」

「是啊，沒有冬冬，她怎能表演下去呢？」台下的觀眾都這樣嚷着。

蘋果臉正看得入神，給這樣一鬧，使她也記起她的冬冬來了，她變得很焦急。跟着不知誰在說：「你們哪一位有冬冬呢？」

「對了，要是誰有冬冬借給她，她便可以繼續表演，使大家繼續得到快樂。」這又是另外一個人說的。

「我本來有一個冬冬的，」蘋果臉提高了嗓子叫着：「但是，它給老鷹捉去了，把它藏在青青山上的青青洞，我們就是為了要去找它才出來的。」

「這就好了，你們快些去把它找回來借給我吧。」那演戲的女孩子說。

「但是現在你不能演下去，怎麼辦呢？」蘋果臉擔心地說。

「不要緊的，我們這遊藝會可以暫停，等你找到冬冬回來時才繼續演下去。」人們的聲音像雷鳴一般響着。

蘋果臉遲疑了一陣，才說：「好吧，我們就去吧，但是我……」

「蘋果臉，怎麼啦，你又畏怯起來嗎？」幸福仙人撫摸着他的長鬚微笑着。

「不是，不是畏怯，不過我不認得路。」蘋果臉有點難為情地說。

「這個困難很容易解決，你們不認得路，不過是因為自私和虛偽兩個仙人故意放出一些煙霧來，遮住你們的去路罷了。只要你們拿出勇氣，先把他們殲滅了，便自然可以找到出路的。」

蘋果臉不覺震慄起來說：「去殲滅他們？我實在做不到，因為我從來沒有殺過人。」

幸福仙人拍拍她的肩膊，溫柔地對她說：「醜惡的東西，是應該被殲滅的，勇敢些吧！」

接着，幸福仙人拿出一枝竹簫來說：「這是萬里聞簫，如果你們遇到困難，萬不得已的時候，把它吹起來，就可以解救你們的災難。」

蘋果臉接過了竹簫，抱着克服困難的決心，和她的朋友們起程找冬冬去了。

14. 虛榮的圈套

她們出了幸福村，便走進那連綿不斷的森林。森林裏看不見月亮，到處都是漆黑的一片，她們只好摸索前進。走了不久，忽然前面閃出幾點燈火，她們知道已經到了另一個村落了。

她們走了不久，便聽見遠處傳來一陣陣悦耳的音樂，她們跟着燈光和樂聲前進，燈光越來越燦爛了，原來這裏四周散布着一些矮樹，樹上掛滿了光亮的小燈籠，照得一片光明。蘋果臉覺得這裏不像自私村那麼黑暗，但是這些光亮跟幸福村的那種幸福之光比較起來，卻又完全兩樣。

她們遠遠望過去，那邊好像有一所極大的房子，燈光輝煌，音樂的聲音彷彿就是從那裏發出來的。

「那一定是戲院。」毛蓬蓬似乎要炫耀牠的聰明，搶先説。

「如果是戲院，就好極了，我們也趁這機會去看看戲。」小長鼻説着，舉起牠的長鼻，好像要嗅清楚那是不是真的一間戲院。

蘋果臉在這剎那間也動了好奇心，她寧願先去看戲，再去找冬冬，但是慎重的小花衫連忙勸止説：「你們忘記

了冬冬嗎？你們忘記幸福村的遊藝會等着我們嗎？」

「小花衫，幸虧你提醒我，我們還是先去幹正經事吧！」蘋果臉說話時露出一點捨不得走的神態。

毛蓬蓬卻氣沖沖地說：「這樣好看的戲，不去真是大傻瓜，我們只要進去看一看就夠了。」

蘋果臉沉思了一會兒說：「真的，我也相信裏面的戲一定很好看的，就這樣吧，只是進去站一會兒就走吧。」

「我贊成！」除了小花衫之外，大家都異口同聲地說。

「但是到戲院看戲，要收費的。」蘋果臉沉吟着：「我們沒有錢，怎麼辦呢？」

真的，大家都沒有錢，只好息了這個念頭吧。毛蓬蓬忽然在樹上發現一塊小方木，上面寫着一些字，便嚷着說：「你們看，那是什麼字？真可恨，我從沒有進過學校，所以不認識字，小長鼻，你認識字嗎？」

小長鼻垂下了長鼻子，很頹喪地說：「難道你還不知道我嗎？我和你們都是一樣可憐，假如我認識字，前次也不會跌進獵人的陷阱了。小長腳，你比我們聰明，也許你認識字。」

小長腳的頭垂得很低，悽惋地說：「要是我認識字，從前就不致跌落獵人的陷阱了，因為陷阱上有一塊木板，

也寫了一些字的，只有人類認識字，所以不會跌下去。」

「唔，這一塊木板，也有一些字，難道這下面就是陷阱？」毛蓬蓬說着便轉身往後跑，小長鼻也跟着牠跑。小花衫從後面叫住牠們說：「你們這樣瞎跑幹什麼？既然知道人是認得字的，我們的蘋果臉是人，她自然認得字了，你們快些回來，蘋果臉會告訴我們是什麼的。」

毛蓬蓬和小長鼻覺得這是道理，才停止了狂奔，回到那塊木板的旁邊，用懇求而又有點恐懼的眼光望着蘋果臉。蘋果臉倒還鎮靜，留神地望着板上的字，有點難為情地說：「這裏四個字我只認得兩個字，還有兩個字我不認得。」

「兩個字也好，讀出來，快點讀出來！」毛蓬蓬急不及待地說。

「急什麼？毛蓬蓬，你這樣叫嚷着，會使到蘋果臉連那兩個字也忘記的。」小長鼻很安詳地說。

「好了，好了，就算我錯了。」毛蓬蓬說，「蘋果臉，你沒有把那兩個字忘記了吧？請你快些說出來。」

蘋果臉在那塊木板上再看了一會兒，慢吞吞地說：「第一個好像是『免』字……不錯，它的確是一個『免』字。」

「免？」小長鼻閉起牠的小眼睛說：「免字到底是什麼意思？」牠好像要憑牠的聰明去想出來。

毛蓬蓬立刻搶着說：「管它是什麼意思，總之，蘋果臉說是免字就是免字，蘋果臉，你說第二個是什麼字？」

「第二個字我不認得，我認得第三個字，是一個『入』字，出入的入。」蘋果臉一邊望着那塊木板，一邊說。忽然她若有所悟地說：「那一定是免費入場了，因為動物園門前，也有一塊寫着『免費入場』的木板的。不錯，就和這一塊寫的完全一模一樣。」

「免費入場是什麼意思呢？」毛蓬蓬搶先問。

「毛蓬蓬，你剛才不是說過不必管它什麼意思嗎？為什麼你現在又要問人家？」

毛蓬蓬給小長鼻這樣搶白了幾句，自然是非常不高興，便鼓起腮兒說：「剛才是剛才，現在是現在。」

「不要吵嘴了。」小花衫嚴肅地說：「蘋果臉，請快些解釋這句話的意思吧！」

蘋果臉告訴牠們說，免費入場就是入場看東西不用給錢的意思。大家不聽還好，聽了便向前狂奔，因為牠們都想趕着進去看戲呢。不料，離這不遠，又有一塊木板，擋住牠們的去路。牠們不得不停下來，等蘋果臉到來看看木板上的那些字。

蘋果臉看見木牌上寫的一共是八個字，幸運得很，這

八個字她完全認識了，她頗為自負地説：「衣冠不整，不許入場。」

蘋果臉雖然把八個字都讀出來了，可是大家不明白這八個字的意義，蘋果臉只好向牠們解釋一番，説是穿得不整齊，便不准入場看戲。大家看看自己的身上，都感到失望了；正在這時候，忽然發現樹上掛滿了五彩的新衣，還有鞋子襪子和帽子。樹枝上也掛着一塊木牌，寫着一些字的，蘋果臉認得是：「穿衣服，不要錢。」她立刻把意思向同伴們解釋，大家都高興得跳起來。小長腳還表演一個優美的姿態説：「以我的漂亮，如果穿起衣服來，一定更加好看的。」

小長鼻也興奮地説：「我小長鼻雖然生得難看，可是打扮起來，也和紳士差不多呢。」

毛蓬蓬卻暴躁地説：「別再嚕嘛了，大家趕快換衣服，別錯過看戲的機會吧！」

牠們各自從樹上取下自己喜歡而又合適的衣帽鞋襪，穿在身上，可是，牠們連自己欣賞的時間也沒有，而奇怪的事情卻發生了。

大家叫嚷混亂了一陣之後，只聽見蘋果臉着急地嚷道：「哎呀！怎麼啦！我好像被裝進一個籠子裏，動也不能動

了。」

毛蓬蓬也驚呼着：「我也是這樣啊！」

小長鼻惶惑地説：「糟透了，我連豎起鼻子的空間也沒有了。」

小長腳很傷感地嗚咽起來説：「剛才戴在頸上的明明是一條閃閃亮的金鏈，而今卻變成一條笨重的鎖鏈呢！」

這些事情變化得也的確太突兀了，這是牠們夢想不到的，可是更奇怪的事還在繼續發生呢！那就是那一片燦爛的燈火，竟在一瞬之間全部熄滅，跟着在黑沉沉的曠野裏傳來一陣一陣雷鳴似的鼓聲，而且越來越近了。牠們嚇得在發抖，忽然一種狡獪而帶着勝利的快樂的笑聲，就在牠們的耳邊響起來；跟着便聽見有人説：「你們終於自投羅網了，你們不知道漂亮的衣飾就是虛榮的圈套嗎？」説着又傳來了一陣刺耳的笑聲。

許久許久，蘋果臉才鼓起勇氣，顫聲地問一句：「你到底是誰啊？」

只聽見一個粗暴的回答，説：「我就是虛偽仙人！」

儘管牠們怎樣震驚，怎樣掙扎，而虛偽仙人卻毫不客氣，吩咐同來的人把俘虜捆綁起來，帶回虛偽村。

15. 小長尾悔改了

虛偽仙人把牠們推上了一輛華貴的車子，經過大街和小巷，到處都似乎十分整潔，來往的人，也穿得非常華貴，虛偽仙人很得意地說：「這就是我管轄的虛偽村了。」

車子終於停在一座大廈的門前，虛偽仙人把牠們推進屋子，關牠們在一間房子裏。

蘋果臉失望地說：「我們現在又失去自由了！」她偷偷地揩着眼淚，因為她實在忍不住心裏的悲傷啊。

毛蓬蓬來回地踱着，地板發出「登登」的聲音，忽然牠用力一踏，高聲地說：「我真不明白，我真不明白。」

小花衫望着牠那種緊張的神情，忍不住問道：「毛蓬蓬，你不明白什麼？」

「我不明白這裏的房子為什麼這樣漂亮的，這裏的人為什麼穿得這樣華麗的。」毛蓬蓬沉思着說。

「這有什麼難以明白的呢？」

這是誰的聲音啊？大家都愕然地彼此望着，不是蘋果臉說的，不是毛蓬蓬說的，不是……是誰說的呢？

牠們用眼光向周圍搜索，終於在黑暗角落裏發現了小長尾。毛蓬蓬暴躁地跳過去說：「你在這裏嗎？我要吃了

你。」小花衫恐怕會發生意外，連忙走上前去勸止牠們説：「大家都不要動手！但是，小長尾，你快些告訴我們，你為什麼要離開我們，又怎樣來到這裏的？」

「因為這個地方，很適合我住。」小長尾斬釘截鐵地説：「你們看，我不是穿得很漂亮嗎？」大家都不約而同地注視着小長尾的衣服，牠的確穿得很漂亮。毛蓬蓬似乎也有點羨慕了，態度沒有剛才那麼兇狠了，只輕輕地歎了一聲説：「住在這裏，大概很舒適的，住好的房子，穿漂亮的衣服⋯⋯」

蘋果臉向小長尾説：「請你告訴我們，這裏的人到底為什麼都穿得這樣漂亮呢？」

「這有什麼難以明白呢？」小長尾重複了這句話，然後用眼睛向大家掃視了一遍，詭秘地説：「這是虛偽村嘛，一切都是虛偽的，住在這裏的人，都只注重外表漂亮，其實⋯⋯」

「其實怎樣呢？」大家着急地齊聲追問。

「其實他們一點也不漂亮。」小長尾意味深長地説。

「不漂亮也不要緊，只要生活得快樂就好了。」蘋果臉認真地説。

小長尾想了想，然後用幾乎使人聽不見的聲音説道：

「他們生活得快樂嗎？不，他們的生活，一點也不快樂。」

「那麼，你為什麼又要來這地方？」大家都露出驚奇的樣子，搶着問。

「我上了虛偽仙人的大當了。」

「上了他的當？」大家更覺得驚奇了。

「不錯，我是上了他的當。」小長尾慢吞吞地說：「因為我是最會說謊話的，謊話在這裏就是學識，虛偽仙人知道我有這份本領，所以把我騙到這裏來，要我代表他對來到這裏的居民撒謊。老實告訴你們，我自從到了虛偽村以後，沒有聽過一句真實話，也沒有說過一句真實話。」

「那麼你現在說的也都是謊話了！」蘋果臉很惋惜地說。

「不，我見到你們這些忠實的人，我便不由自主地要說實話了。你們以為說謊是一件快樂的事嗎？其實，說謊是很痛苦的。」

「但是你又為什麼要說謊呢？難道你喜歡痛苦？」毛蓬蓬很氣憤地向牠斥責。

「我以為世界上最愚笨的東西，也不會喜歡痛苦的。」小長尾有點難過地說：「的確，我承認我從前有點愚笨，以為說謊是很有趣的，而且是聰明的，所以我一直想表現

自己的聰明去騙騙人家，偶然佔了一點便宜，便高興到不得了。想不到來了這裏以後，人人都會說謊，我欺騙人家，也受到人家的欺騙，現在我才明白說謊是什麼一回事了，我討厭它，憎恨它！」

「既然這樣，你為什麼不趕快離開這裏呢？」小花衫很同情地說。

「我當然願意離開啦，不過，我不敢單獨行動，現在你們來得正好，我們可以一起逃走了！」小長尾停了一會兒，似乎試探大家的意思，然後繼續說：「但是，你們能原諒我嗎？」說着牠低垂了頭。

蘋果臉深深地感動，非常溫柔地對牠說：「為什麼不呢？如果以後你再不說謊，我們就跟你和從前一樣要好了。」

小長尾立刻伸出手來，正想握住蘋果臉的手，來表示謝意，但出乎意料地，牠握着的是一隻冷冰的手，小長尾猛然抬頭一看，原來是虛偽仙人。虛偽仙人故意裝出笑容來說：「小長尾，好得很，好得很，你的確很聰明，能夠想出一些道理來。不過，自從你來了這裏，對我的幫忙也不算少了，所以，在你走之前，我應該給你一些賞賜。你看，這頂燦爛的金冠，應該屬於你的，我給你戴上吧。」

　　虛偽仙人捧着一頂金冠，燦爛的光輝，閃耀着大家的眼睛，牠們免不了露出一點羨慕的樣子。但是小長尾卻恐懼到發抖起來，連忙向後退了幾步，尖聲地叫着：「我不要你的賞賜，我知道你又在使用你的詭計了，要是我戴了你的金冠，便永遠失去自由了！」

　　虛偽仙人狂笑了一陣，又突然把笑聲止住，樣子變得很兇狠，厲聲說：「你既然知道，也好，我也不再騙你了，你快些來我給你戴上！」

　　他一步逼上一步，小長尾也一步退後一步，最後已經

退到牆角了，再也沒有退路了，虛偽仙人手上的金冠終於套在牠的頭上，牠感覺到好像剎那間加上了千斤重的東西，牠的頭低低地垂下，再也抬不起來了。

虛偽仙人得意地笑着說：「好吧，你們就住在這裏吧，我不必殺死你們，也不必鞭撻你們，我要給你們一種仁慈的懲罰。」

「仁慈的懲罰？」牠們半是安慰半是懷疑地叫起來。

「什麼是仁慈的懲罰？」蘋果臉很着急地問着。

「仁慈的懲罰，就是給你們少量的食物和水，使你們逐漸瘦弱下去，一直等到死亡。」

「這樣簡直太殘酷了，你知道吃不飽是最辛苦的呀。」毛蓬蓬咆哮地叫着。

「假如你不給我們充足的食物，你倒不如馬上殺死我們。」小長鼻也很氣憤地說。

「原來仁慈的懲罰是這樣的，謝謝你，我們不願意接受！」蘋果臉鼓起腮兒，很生氣地說。

「不管你們願意也好，不願意也好，總之，你們要安心地住在這裏！首先，這裏的居民會為你們開一個歡迎會，一個月之後，再會為你們舉行一個盛大的葬禮，再見了！」虛偽仙人說着，一閃身便不見了。

這一間房子的門被牢牢的鎖着，牠們再也沒法逃出去了。

16. 火光

小長尾戴上了那頂金冠之後，沉重得很難受，牠痛恨虛偽仙人的毒辣手段，和大家逃走的心更加堅決。

這裏的形勢，是牠所熟悉的，但身不自由，就是插上翅膀也難飛走。牠絕望地歎息着説：「要逃出這個囚牢，除非借助仙人的法寶！」

「仙人的法寶？」毛蓬蓬驚叫起來説，「蘋果臉，你不是有一枝萬里聞簫嗎？幸福仙人説過，吹起那枝簫來，萬里以外也可以聽見聲音的。你快些吹吧！讓幸福村的人聽見了，知道我們有了災難，就自然會來救我們了。吹吧，蘋果臉！」

牠用祈求的眼光望着蘋果臉。蘋果臉沉默了一會兒，然後説：「幸福仙人不是也説過，非到最危險的關頭，千萬不要亂吹嗎？我想現在還不是最危險的關頭呢！」

「什麼，你以為現在我們還不是最危險的關頭嗎？」毛蓬蓬急得跳起來了。

「我想現在的確還沒到最危險的關頭。」小花衫支持蘋果臉的意見，輕輕地說了這句話。

毛蓬蓬更加生氣了。牠大聲叫道：「小花衫，請你少開口！」

小花衫慢條斯理地說：「毛大哥，我也請你尊重別人的意見啊！」

蘋果臉怕牠們吵下去，連忙截住說：「算了吧，現在不是吵架的時候了，我們應該同心合力想個好辦法，逃出這裏才是。」

小長鼻幾乎要哭出來，說：「唉！我想我們即使可以逃出這個大門口，但是街上到處都是亮光光的，也無法逃避他們的耳目呢。」

「這點你可以放心！」小長尾很有把握地說：「這是一個秘密，只有我才知道的。告訴你們吧，這裏的光亮，都不過是這裏的居民用各種不同的東西，把幸福村的光亮反射出來罷了，並不是真實的光亮。所以他們看起每一樣東西來，都是模糊不清的。其實他們最怕真的光亮，尤其是怕真的火。我還告訴你們一個秘密：每晚，虛偽仙人跪在牀前禱告說：『黑暗的神，求你永遠主宰我，不要讓我看見一點火光吧！因為我知道，一看見了火光，我的生命

也就完結了。」這是誰也不知道的秘密啊。」小長尾一口氣說完了，蘋果臉慎重地問：「他禱告時是說一看見火光，他的生命便立刻完結了嗎？」

「不錯，他每晚都是這樣禱告的。」小長尾肯定地回答着。

「這樣我就有辦法了！」蘋果臉好像放下了重負似的說。

原來她記得身上有一盒火柴，那是從獵人黑眉毛家裏帶出來的，她連忙伸手到袋裏摸摸，那盒火柴還安然在她的袋裏，而她的朋友們也同時記起來了，不覺齊聲地叫着：「那盒火柴……」

這時候，牠們聽見鎖打開的聲音，便立刻住了嘴，一會兒，門開了，虛偽仙人慢慢地走進來。

他的詭秘的眼光向牠們掃射了一遍，然後說：「你們這麼興高采烈的談些什麼呢？」

牠們嚇了一跳，大家都不禁這樣想：「糟了，難道他已聽見我們的說話嗎？」

虛偽仙人看見牠們嚇呆了的樣子，微笑了一下說：「何必這樣拘束呢？難道有我就不便談話嗎？」

「他大概不知道我們談什麼的。」蘋果臉安慰自己說。

這時，忽然聽見外面傳來喧鬧的聲音，夾雜着音樂聲。虛偽仙人得意地說：「聽吧，那是虛偽村的居民歡迎你們啊。」

「歡迎我們？為什麼歡迎我們？」蘋果臉顫慄地問。

「為什麼？」虛偽仙人自鳴得意地說，「他們對待客人都非常客氣的，現在你們快些裝出笑容來，跟着我去接受他們的歡迎吧！」

「裝出笑容來？我不會，我裝不出來。」毛蓬蓬氣憤憤地大聲叫。

「裝不出來？」虛偽仙人好像有一點生氣了，但馬上又露出笑容來說：「好好地聽我的話吧，你們橫豎都要死的了，但臨死之前，享受一下熱鬧的光榮，不是很好嗎？」

「我們不稀罕這種熱鬧的光榮。」小長鼻把鼻子翹起，表示不屑的樣子。

「少說廢話，快些跟我來！」虛偽仙人不耐煩地露出兇惡的樣子。

毛蓬蓬趁着他轉臉去的時候，輕輕地拉一下蘋果臉的衣角，低聲地說：「火柴……」

「噓！」蘋果臉一邊制止牠出聲，一邊已經把火柴擦亮，隨即丟到虛偽仙人的背上，只聽見他慘叫一聲，便倒

在地上了。

　　他穿的衣服，佩的珠寶，在一瞬之間完全化為灰燼了，剩下的只是一把竹子編成的骨骼；既沒有血肉，也沒有心肝，不到一轉眼功夫，竹子的骨骼也化成灰燼了，飄散出了一股難聞的臭味。好一個堂堂皇皇的仙人，結果只剩下一把灰燼罷了。

　　事情變得太快了，牠們真是連驚奇都來不及。小長尾的金冠消失得無影無蹤了，牠恢復了自由，立刻感到很輕鬆。

　　剛才虛偽仙人走進來的時候，沒有把門關上，小花衫說：「走吧，我們還呆在這裏做什麼？」

　　小長鼻說：「我們可以用對待虛偽仙人的方法來對待虛偽村的居民。」

　　「不錯，」小長尾興奮地說：「我們可以用火光去照他們，他們也會像虛偽仙人一般立時化為灰燼的。」

　　「我們把乾草紮成火把，讓火光大些。」蘋果臉一邊說一邊去找乾草，大家也幫着去找，只消一會兒，便找到了不少。蘋果臉把它紮成火把，燃起來，由小長尾引導走出一個露台上面；下面集合着無數的人，正在喧鬧，突然看見火光，都害怕得紛紛倒下去，從火把上落下來的無數的火星，被風吹到他們的身上，他們便燃燒起來，漂亮的衣服消失了，竹織的骨骼也逐漸被火吞噬了，最後剩下來的只是一堆一堆的灰燼，和一縷縷使人作嘔的輕煙。但是其中竟有幾個居民屹立不動的。小長尾說：「這幾個大概都是誠實人，不怕火光的。」蘋果臉說：「他們大概已經真心悔改了。」

那幾個誠實人，走到蘋果臉的面前，鞠躬行禮，有一個說：「謝謝你們，把我們從虛偽裏拯救出來，我們以後可以過着誠實的生活了。」

他們還說，他們都想留住蘋果臉和她的朋友在這裏住下來。蘋果臉說：「謝謝你們的好意，但是我們有更重要的事要去做的。」

他們看見不能強留，便說：「我們以後再不虛偽了，請你替我們的村子改一個好的名字吧！」

蘋果臉想了一想說：「既然不虛偽了，那麼就是誠實啦，叫做『誠實村』好嗎？」

大家聽見都拍手歡呼說：「真是一個很好的名字。」

小長尾忽然環顧周圍，驚惶地問：「虛偽仙人的兒子呢？他到哪裏去了呢？」

正在這時候，遠處傳來一陣急促的馬蹄聲，小長尾大聲叫起來：「一定是虛偽仙人的兒子逃跑了！」

「虛偽仙人還有兒子麼？」毛蓬蓬暴躁地說。

「有的，他只有一個兒子，現在我們要去把他捉住，不然就會留為後患了，我想他現在要去找自私仙人了。」

小長尾也不顧大家的意見，便從露台上跳下，蘋果臉她們也只好跟着跳下，追蹤虛偽仙人的兒子去了。

17. 虛偽仙人之子

誠實村（剛才還叫虛偽村）的村民，眼見蘋果臉和她的朋友都去追虛偽仙人之子，其中有一個舉起拳頭大聲嚷着說：「蘋果臉為我們除害，現在，我們能夠袖手旁觀嗎？」

大家都回答說：「不能夠！」

「很好，」那代表說，「我們每人拿一把火把去追隨她們吧！」大家都照着這樣做了⋯⋯

這時候，虛偽仙人之子，正騎了馬向着自私村奔跑，因為自私仙人是他的叔叔，他以為到了那裏，就可以得到庇護了。可是他的馬兒偏偏不和他合作，站着不願動，而蘋果臉她們又快從後面追到了，他急得沒法可想，只好牽着馬兒到自私村去。

到了村口，他才鬆了一口氣，揩去額上的汗，便連忙找自私仙人去了。

自私仙人看見他來，裝成很高興的樣子說：「賢侄，什麼風把你吹來啊！令尊好嗎？」

虛偽仙人之子忍不住一邊流淚一邊說：「叔叔，我們村子裏遭遇了不幸，我的爸爸已經化為灰燼了，全村也毀

滅了，現在特地來求你收留我，如果你答應，我就感激不盡了。」

虛偽仙人之子把經過的情形詳細說了一遍，自私仙人好像很留意地聽着，聽完之後，便歎了一口氣說：「有這樣的事嗎？我十分同情你，至於要我收留你，就做不到了，因為你對我一點用處也沒有。唔，不過，你的馬兒倒是一匹好馬兒，可以把牠留在這裏，我給牠吃頂好的乾草。」

自私仙人一邊說一邊兩眼盯着那匹馬，露出非常貪婪的樣子。

虛偽仙人之子急極了，忍不住說：「叔叔請你念念親情吧！」

「親情？」自私仙人哈哈大笑起來，「親情值多少錢？你知道啦，我們自私村裏只知道有自己的利益，不知有別人的利益。我和你的爸爸，雖然是親兄弟，但後來各走各的，他靠虛偽發了財，統治了虛偽村，擁有許多志同道合的朋友，而我也因為自私積得不少家產，佔領了自私村，受着許多人的崇拜，也有不少的人來歸附。我們村裏立的信條就是：『損人利己』。因此，我決不能收容你的，因為收容了你，便無異破壞我們的信條了。我勸你還是趕快離開自私村吧，因為在自私村裏，你決不會得到幫助的。」

虛偽仙人之子用最大的耐性，聽他的叔叔說完了最後的一句話，便忍不住叫嚷起來說：「你們見死不救，可是你們的生命也危在眼前了，後面正有大隊人馬追來呢！」

自私仙人聽了，面露驚惶之色。他厲聲斥責道：「你快給我滾出去，別連累我！」說着，他瞪着兇狠的眼睛，用手指着門口。

可是虛偽仙人之子還不肯就此罷休，他跪在地上哀求說：「叔叔，可憐我吧，我一出去就會被他們燒死的。」

「我管不了這些，你立刻給我滾出去！」自私仙人好

像又冷又硬的石像，沒有半點表情，連說話也好像從機器裏攪出來似的。

虛偽仙人之子知道絕望了，只好垂頭喪氣站起來，正想轉身出去，但是自私仙人從後面叫住他說：「你這次出去，橫豎都要死了，馬兒就留給我吧！」

虛偽仙人之子一聲不響，就把馬兒留下。他走到街上只見每家的門口都貼上對聯。對聯上寫着：「沒有憐憫，沒有施捨。」他心裏想，在這裏只有等待死亡。這時他的心情，又是悲傷，又是懊惱，又是憤恨，正是百感交集，他不覺想起他的父親，一生虛偽，生前雖然掙得不少財產，享受繁華，但是到頭來只是一個沒有血肉的軀殼，瞬息之間便成灰燼，財產還不是變為廢物。再想到他自己，當初要是他不走他父親的路，而今也不致有這樣的結果了，他越想越覺傷心，連珠似的眼淚掛滿了一臉。

正在這時，蘋果臉的大隊人馬已經追到了，小長尾一眼看見虛偽仙人之子，便叫小長鼻用火光去照他，消滅他。可是當火光照亮他的時候，他卻屹然不動，蘋果臉高興地拍着手說：「他一定已經悔改了。」

虛偽仙人之子很感動地說：「是的，我的確悔改了，現在，我討厭虛偽，我也討厭自私。」

毛蓬蓬沉着聲音説：「原來悔改有這樣好處的。」

於是大家都為虛偽仙人之子的自新而慶賀，誠實村的人們説：「虛偽仙人之子，現在既然變成一個誠實的人，我們歡迎他回到誠實村去。」

虛偽仙人之子高興得直流眼淚，一句話也説不出來。

18. 一把小刀

虛偽仙人之子現在成為誠實村的一分子，心裏又是興奮，又是激動。他知道蘋果臉此來是為了救冬冬，救冬冬就得先把自私村殲滅。飽嘗自私仙人奚落的他，不管是為了公益，還是為了私怨，都願意幫助蘋果臉去完成任務。但是自私仙人有着無邊的法力，用什麼方法可以取勝呢？他苦思了一會兒，忽然向着蘋果臉問道：「你們有一把刀子沒有？」

大家都不明白他的意思，他就解釋説：「只要有一把小刀，就可以殲滅他們了。」

毛蓬蓬不耐煩地説：「我不相信有一把小刀就可以殲滅他們。」

「我的話是真的，因為我很了解這裏的人的個性。記

得在許久以前，有一次，我偷偷到這裏來玩，我跟這裏的人分別談過話。他們每一個人都是這樣悄悄地告訴我：『要是我有一把刀就好了。』我問他們為什麼？我得到的都是相同的答案：『要是我有一把刀，就可以去殺掉別人，搶了別人的財產了。』所以我說，假如我們有一把小刀，就不必我們去殺他們，他們自然會互相殘殺了。」

虛偽仙人之子這一番說話，使大家覺得確實有道理，但是卻不知從哪裏可以得到一把小刀。彼此研究了一會兒，小長鼻忽然哈哈大笑說：「你們的記憶力逃到哪兒去了？」蘋果臉立刻被觸發起來說：「我記起了，小長鼻帶了一把刀來的，那就是從獵人黑眉毛家裏帶出來的啊。」

小長鼻笑着說：「不錯，蘋果臉，到底還算你的記憶力好。」

「那麼，小長鼻，你快些把刀拿出來吧！」毛蓬蓬不耐煩地說。

小長鼻張開嘴巴，吐出那把小刀來，他一直把它藏在牙縫裏。虛偽仙人之子高興地拾起來說：「我們現在要設法把它藏在一戶人家裏。你們都是生面人，要是冒冒失失的走進村子，會引起他們的疑心的，我在這裏出入久了，所以這個任務，還是由我去擔當吧。」

蘋果臉心裏自是感激，完全信賴地把小刀交給虛偽仙人之子，他小心地把小刀放好在懷裏之後，囑咐他們在村口等待。他自己便偷偷地走到一棵大樹下面躲起來，這時候，有兩個人鬼鬼祟祟地抬着一袋很沉重的東西走來，越走越近，剛好走到虛偽仙人之子躲藏着的樹下，他們談起話來，一個説：「這包珠寶，要是屬於我就好了。」另一個説：「我也這麼想啊，可惜我沒有一把刀……」

「我明白你的意思，如果你有一把刀，就可以殺了我而獨佔了，是不是？」這是第一個説的。話剛説完，他偶然低下了頭，竟然發現了腳下有一把小刀。不用説，這是虛偽仙人之子乘他們不覺的時候，悄悄地放下的。第一個馬上把刀拾起來，卻給另一個發覺了，抓着他的手説：「刀，快交給我！」「是我先發現的，我為什麼要給你？」

他們開始搶奪那把刀，於是一場劇烈的爭鬥開始了。你爭來我奪去，他們正打得落花流水的當兒，自私仙人施施然經過這裏，一眼看見那把發亮的小刀怎肯放過，因此也加入了戰團。過了不久，「一把刀」的消息傳遍了全村，大家都想把它據為己有，因為誰有了刀，便可以佔有一切，而且可以統治全村了。一會兒，加入戰團的人越來越多了，他們混戰了許久，只見小刀從一個人手裏傳到另一個人的

手裏，便有一個人血淋淋地倒下去。這樣不停地爭鬥着，小刀經過千百人的手裏，也就有千百人倒臥在血泊裏，整個自私村變成魔鬼統治了；血流成河，積屍成山，充滿着殘酷和恐怖，真是令人不忍看。

最後得勝的那人，顫抖抖地舉起那失去了鋒利、失去了光彩的刀，正想高呼勝利，但又無力地把手垂下了。忽然，他發狂地叫起來説：「為什麼會這樣殘酷？為什麼？還不是為了自私？」他説着，把刀投到遠遠的地方去了，還有幾個倖存的人，都擁到他的跟前，向他握手説：「你的想法正是我們的想法呢，我們以後都應該痛恨『自私』才對。」於是他們互相擁抱，感動得哭出來了。

這時蘋果臉和她的朋友也從躲藏的地方走出來。幾個沒有死去而已悔改的自私村民，對於這些好像從天而降的陌生的來賓，格外表示歡迎，爭着招呼茶飯。後來又請求蘋果臉替村子改一個好名字，蘋果臉想了一想，便説：「從前你們因為自私，村子也因此而得名，現在你們已經不再自私了，那麼就叫它做博愛村吧！」

「博愛村，真是好名字！」大家立刻贊同，隨即高呼着：「博愛村的人應該博愛！」

19. 青青洞

這時候，月亮從密雲裏鑽出來，投下了明亮的銀光，照着疲乏然而愉快的人們。蘋果臉忽然驚叫起來說：「你們看！月亮已經在西方了，天快亮了，我們快去找冬冬吧，不然，就來不及在天亮之前回到動物園了。」

「好吧，我們大家一起去吧！」許多聲音一起說，那誠懇的互助的友情，深深地感動了蘋果臉，使她增加勇氣和信心。

他們浩浩蕩蕩地起程，才走了一會兒，前面已是茫茫的大海了，小長尾高聲嚷着：「那就是青青海了。」大家聽了都興奮起來，增加了前進的速率，不一會兒，已到達海邊了。但是難題又橫在他們的面前，在茫茫的大海上，沒有一隻船，他們不能像鳥一般飛翔，怎樣過海呢？蘋果臉很失望地坐在岸邊的石塊上，小長鼻提議再造木筏，但是蘋果臉認為時間已來不及了。

大家都束手無策，只聽見那怒吼的波濤，好像千軍萬馬擋住他們的去路。毛蓬蓬忍不住生氣起來，暴躁地說：「難道我們就想不出一點辦法來嗎？」停了一會兒，牠突然爆炸似的說：「蘋果臉，你不是有一枝萬里聞簫嗎？現

在正可以拿來一用了。」

　　大家興奮地望着蘋果臉，蘋果臉慢吞吞地說：「萬里聞簫嗎？是的，不過幸福仙人說過非到萬不得已的時候不能用的。」

　　「現在還不是萬不得已的時候嗎？」毛蓬蓬暴躁地說。

　　「我也以為現在已到了緊要的關頭了，而且除了求助於它就沒有別的辦法了。」小長尾停了一會兒，又補充着說：「要是趕不及回到動物園去，我可不負責任啊！」

　　蘋果臉在大家敦促之下，只好拿出萬里聞簫來，輕輕地吹兩聲。

　　簫聲過後，一陣陣巨響跟着而來，天邊忽然起了一塊黑雲似的東西，逐漸移近，掠過月亮使地面變成漆黑。等到黑影移到她們的頭上的

時候，才知道那是一大羣的烏鴉，一隻連接着一隻地排成一隊整齊的隊伍。那隻在前面帶領的，飛下來站在蘋果臉的面前點頭行禮説：「蘋果臉，我們是幸福仙人派來的，他已經知道你們的困難，吩咐我們來幫助你們，我的同伴正在為你們架橋呢。」説着，牠用翅膀指向天空，大家望過去，果然有無數的烏鴉張開翅膀，首尾啣接，搭成一道非常穩固的橋了。

於是大家跟着蘋果臉踏上了橋，蘋果臉最初有點害怕，她覺得輕飄飄的，好像站在一朵浮雲上面，再向下望，黑沉沉的大海，要是錯踏了一步，便會翻下去，給巨浪吞噬了。她只好小心翼翼，一步一步地走着，終於走盡了這道橋，平安抵達青青島了。

那隻領頭的烏鴉，又飛下來很客氣地對蘋果臉説：「你們還要回去的，我們就在這裏等候着你們吧！」蘋果臉更是感激不盡，向牠們連聲道謝，於是便和同伴們，跟着小長尾，踏上青青山去了。

這座高山，好像一個豎起來的大田螺，尖端接着天空，一條小路盤旋地通到山頂，路很崎嶇，野草長得比牠們還要高。牠們在草叢中走着，看不見一尺以外的東西，幸虧牠們是走慣了山路的，蘋果臉得着牠們的照顧，因此也沒

有發生意外。牠們繞了幾個小圈子，越升越高了，已漸入雲霄間了，蘋果臉因為從來沒有經歷過這種情景，覺得特別好玩，竟忘記了疲倦。好容易走到最後的一個轉彎，突然有一塊怪石擋住了去路，小長尾高興地說：「到了，到了，這就是青青洞了。」剛說完，便聽見「啪」的一聲，牠們來不及思索是什麼，便已看見一隻很大的鳥，從怪石裏飛出來了；牠們嚇得連忙退後，毛蓬蓬差一點從峭壁上翻了下去，幸虧小長鼻及時把牠的尾巴踏着，牠四腳懸空，費了很大的氣力才能夠重新爬上來。牠連忙向小長鼻稱謝說：「謝謝你救了我的生命。」

大家又忙亂了一陣，等到稍微安靜了，才聽見那隻大鳥沉着聲音說道：「你們不必害怕，我正在等候着你們的。」

蘋果臉鼓起勇氣向牠說：「你是誰？怎麼知道我們今天來呢？」

小長尾連忙在蘋果臉的耳邊說：「牠就是偷掉冬冬的老鷹了。」

那隻大鳥說：「是的，我是老鷹，是自私仙人的部下，從前我的確很兇惡，幫助他做了許多害人的事，冬冬也是我偷去了的，自私仙人因此很信任我，派我看守這個青青洞。你們知道啦，青青洞就是自私仙人的倉庫，他劫到的

財寶，放在洞裏，命令我來看守，誰也不能動他絲毫，我一向對他都很忠心的。但是，剛才我親眼看見自私村大屠殺的情形，給我反省，彷彿是一面鏡子，使我看見我自己，我才知道自私是這樣的，我要痛改前非，從此以後，我要決心做一隻仁慈的老鷹了。」

老鷹説着，把頭垂到胸前，現出很難過的的樣子，蘋果臉溫柔地對牠説：「仁慈的老鷹，我相信你，你既然悔改了，我們都願意和你做朋友了。」

於是蘋果臉走前去伸出手來，輕輕地和牠的翅膀相握，小長尾、毛蓬蓬等也一一和牠握過，她們立刻成了很好的朋友了。

後來老鷹説：「我知道你們是來找冬冬的，它就在洞裏，跟我進去吧！」

她們跟着老鷹走進山洞裏，洞裏堆滿着無數大的小的箱子。蘋果臉隨便把一個箱子打開看看，裏面盡是珠寶，光彩奪目。老鷹沉着氣説：「這些都是贓物。」

蘋果臉驚訝地説：「這裏交通不便，怎樣運回來呢？」老鷹拍動着翅膀説：「你們沒有看見我這對強大有力的翅膀嗎？自私仙人每次劫得了財物，只要他拍三下手掌，我便會飛到他的身邊，即使怎樣笨重的箱子，我的翅膀也能

舉得起。」

蘋果臉低下頭沉吟地說：「但是你又為什麼要偷我的冬冬呢？」

老鷹有點難為情地說：「我是奉自私仙人的命令偷的，偷了冬冬之後，就把它放在這裏。你聽！那不是冬冬的聲音嗎？」

果然傳來一陣嘰嘰的聲音，大家的心情都緊張起來，蘋果臉認得冬冬叫媽媽的聲音，老鷹說：「它天天都是這樣叫個不停的。」蘋果臉很慎重地說：「因為它想念它的媽媽啊！」說着便依着老鷹所指的方向走前幾步，果然看見她的冬冬很憂鬱地躺在一個珠寶箱上，她連忙把它抱起來，顫抖地說：「冬冬，我到底找到你了！」

20. 回到幸福村

蘋果臉只顧和冬冬親熱，她的朋友卻急於商量怎樣處置那些珠寶。小長鼻爽快地說：「這些東西雖然漂亮可愛，但是對於我們來說沒有一點用處，為什麼不全部送給蘋果臉呢。」

大家也認為有理，鼓掌贊成，這時才引起蘋果臉的注意。她莫名其妙地望着牠們，等到小長鼻把意思說了一遍，她抱着冬冬站起來說：「謝謝大家的好意，但是我不能接受，因為這些東西都不是我的。」

「這些東西當然不是你的，不過，如果你不要，我們誰要呢？」毛蓬蓬雖然把聲音放得溫柔了許多，但是依然帶着一點暴躁。小長鼻接着說：「對了，蘋果臉，這些東西，應歸你的，因為消滅兩個壞仙人，全靠你的智慧。」蘋果臉立刻反對說：「小長鼻，你錯了，消滅兩個壞仙人，是大家的力量，怎可以說是我個人的功勞呀？」

老鷹插嘴說：「不管誰要也好，總之，我要自由，再不能為你們看守這些了。」

「那怎麼辦好呢？」毛蓬蓬着急起來了。小花衫很有心思地說：「我倒有一個辦法。」大家急着追問到底是什

麼辦法，小花衫慢吞吞地說：「這些東西，既然都是自私仙人從居民手裏搶回來的，應該歸還他們才是。」大家認為有理，老鷹也答應負起搬運的責任。

時間已沒有多少了，她們便立刻起程，很順利地循着原來的道路，回到青青海海邊，烏鴉的橋還在那裏，她們便依次踏上了橋，下面的波濤雖然洶湧，但是憑着勇氣和信心，也就安然回到對岸的仙人島了

踏穩了陸地之後，她們禁不住又吃了一驚，因為擺在她們眼前的，竟是一片新奇的景象。從前，這個仙人島，是山丘起伏，羊腸小路的；現在，山丘變為平地，小路變為康莊大道，而且景色鮮明，有如白晝。蘋果臉吃驚地說：「天亮了，我們來不及回動物園去了！」

忽然眼前出現了一道亮光，好像陽光一樣，原來是幸福仙人出現了。他微笑地說：「你們不用着急，也不用驚奇，聽我說，就自然明白了。這裏原是仙人島，由於蘋果臉和大家的努力，把兩個惡仙人和他們統治的鄉村消滅了，這裏就變成幸福島了。至於幸福村、誠實村和博愛村的村民，彼此有如兄弟姊妹，再不必有界限之分，因此小丘剷平了，變成了一望無際的平原，而幸福的光亮，整天照耀着這裏。蘋果臉，請你不要誤會這些光亮是由太陽來

的，因為現在離開天亮還有一段時間呢。大家跟我來吧，
來繼續那個未完成的遊藝會吧，他們正在等着你們呢！」

　　大家就跟着幸福仙人，去到那廣場上。現在比前一次
更熱鬧了，蘋果臉在人叢裏發現一張熟悉的臉，仔細看看，
原來是達達，她連忙走過去和她親熱地握手。這時候，老
鷹飛過來說：「珠寶箱已經全部運完了，隨便你們怎樣處

置吧。現在，海闊天空，我可以任意飛翔了，再見！」牠說着便拍着翅膀飛去了。

蘋果臉於是對幸福仙人說：「這些珠寶，都是自私仙人的贓物，一向藏在青青洞裏，現在老鷹把它們搬來，請你分給這裏的人吧。」

幸福仙人還沒有答話，大家已齊聲反對說：「我們已經很幸福了，這些東西對我們一點用處也沒有，我們不要。」

接着達達舉起手說：「我倒有一個意見，我們可以用這些資財來建設幸福島，使幸福島變得更完美，大家贊成嗎？」沒有一個不拍手的，幸福仙人也贊成了。

於是達達問及蘋果臉別後的經過，蘋果臉詳細地說了，最後還說：「這次的經歷，使我明白了許多道理，我親眼看見自私和虛偽的結果，我明白了互助和合作的偉大，同時，我更知道做事要勇敢，要鎮定，才可以達到成功的。」

幸福仙人沉吟地說：「不錯，但是有自信也是非常重要的，你最初到處受到欺騙，就是因為你沒有自信，而且盲目去服從別人的意見。以後做事，記着這些教訓，自然可以減少錯誤，增加效率了。好了，現在你已經找到冬冬了，我們的遊藝會也可以繼續舉行了。」

　　遊藝節目繼續進行。冬冬的確聰明，而且又肯賣氣力，所以演得非常動人，大家都拍手稱賞。蘋果臉看見大家都愛冬冬，而冬冬也能使大家得到快樂；她就想，冬冬應該屬於大家的，自己雖然愛它，但據為己有又有什麼意思呢？蘋果臉正在默默地想着，幸福仙人輕輕地拍着她的肩膊說：「蘋果臉，你想什麼？」

　　蘋果臉微笑着說：「我想多數人的快樂比一個人單獨的快樂更快樂。」

　　幸福仙人高興得鼓起掌說：「這是最聰明的想法，虧你能夠想得出來。但是，你看，太陽馬上要露臉了！」

　　蘋果臉有點慌張地說：「糟透了，公公就要起來了，要是他找不着我，同時又發覺有些動物失了蹤，一定很焦急的；況且鎖匙又帶在我的身邊，他怎能給野獸添飼料呢？小長尾，你說過天亮前可以趕回去的，現在請你快些想想辦法吧！」

　　小長尾低下頭，沉着聲音說：「蘋果臉，原諒我，從前，我說的都是假話，我只想用詭計騙你出來，我便可以逃出動物園，永遠不受束縛……」牠很慚愧，滴下了幾滴眼淚，繼續說：「但是，後來我受到種種的教訓，我才覺悟起來。不過，要我立刻把你們帶回動物園去，我實在沒

有一點辦法，請原諒我吧！」牠說着只管痛哭，蘋果臉也急得哭出聲來了。幸福仙人勸慰她們說：「哭有什麼用呢？蘋果臉，你又忘記了勇氣嗎？現在一切還好，你們看看，那是什麼地方？」

蘋果臉抬起頭，揩乾眼淚，立刻展開笑容，高聲嚷道：「那不是動物園嗎？真奇怪啊！原來動物園也在幸福島上。」

幸福仙人撚鬚微笑說：「是的，我們幸福島的範圍，是天天在擴展的，凡是使人們得到幸福的地方，就歸入幸福島了。好了，現在你們趕快回去吧！」

蘋果臉有點依依不捨地說道：「幸福仙人，我以後還能夠常常看見你嗎？」

「當然能夠啦，我住在這裏，而且常常出現在你身邊，當你感到快樂的時候，那就是我走進你的心裏了。從前送給你的那枝萬里聞簫，你繼續保存着吧，當你遇到困難或煩惱，吹吹它，會增加你的勇氣、信心和智慧，它能替你解決困難，消除煩惱的。」蘋果臉謝了幸福仙人，然後輕輕地吻了一下冬冬，鼓起勇氣說：「我雖然很愛冬冬，歷盡千辛萬苦，也不過為了去找尋它；但是，現在我決意把它獻給大家，使大家得到快樂，我也會因此覺得更快樂

的。」

蘋果臉剛説完，一片雷鳴的掌聲過後，跟着就是熱烈的歡呼：「偉大的蘋果臉，可敬可愛的蘋果臉⋯⋯」

歡呼變成雄壯的進行曲，蘋果臉按着節奏，和她的朋友們大步地踏進了動物園去。

21. 夢覺

一陣鼕鼕的鼓聲，是冬冬的聲音嗎？

蘋果臉連忙睜開眼睛，一躍起來説：「怎麼，冬冬，你又回來了嗎？」

他的公公坐在她的牀沿，微笑地説：「昨晚你把它放在搖籃以後，它一直好好的躺在那裏，剛才我替它上了鍊，它又打起鼓來了。」

「公公，你説冬冬一直躺在搖籃裏，沒有到過別的地方嗎？」蘋果臉睜大了眼睛，露出驚疑的樣子。

「到過別的地方？奇怪了，冬冬是不會走路的啊！」公公的驚疑，正和蘋果臉一樣。

「公公，它是給老鷹抓了去的，我為了救它，我做了一件不忠實的事，我偷了你的鎖匙，把毛蓬蓬、小長尾、

小長鼻、小長腳牠們放出去，因為牠們答應幫助我的……」

公公截斷她的話説：「蘋果臉，天亮了，你還做什麼夢，鎖匙不是好好地放在我的袋子裏嗎？」

「那麼牠們呢？」蘋果臉急着問，公公忍不住大笑起來説：「你聽，那不是牠們的聲音嗎？」

前院果然傳來一陣陣的吼叫聲，蘋果臉舒了一口氣説：「好了，好了，到底趕回來了！」公公又是一陣哈哈大笑，跟着拍拍她的肩膊説：「傻孩子別做夢了，快去餵牠們吧！」

蘋果臉還想爭辯説她不是做夢，但是公公已經忙着別的事走開了，她只好出到前院，獸類們看見了她，便吼叫不已，她溫文而又有禮地對牠們説：「你們早！你們都好嗎？」

她走到毛蓬蓬的鐵欄前面説：「毛蓬蓬，我真感謝你幫忙，你到處表現出你的勇敢，我要向你學習！」

她又到小長鼻的鐵籠前面説：「小長鼻，如果沒有你，我們就不會這樣團結，因為你正直忠誠，常常替我們排解糾紛，我要向你學習！」

她又走到小花衫前面説：「小花衫，我真佩服你，你不大説話，但是你説起來都很有道理，你像一個有學問的

人，我要向你學習！」

「哦，你嗎？」她移到小長腳的身邊，更溫文地説，「你的動作真靈活，你能夠從獵人黑眉毛的手裏逃出來，我要學習你的敏捷身手。」

最後，她拍拍小長尾的頭顱説：「你為什麼要把頭垂得這樣低？很難過嗎？小長尾聽我説吧，誰都會有錯的，只要知錯能改就好了，不要再難過了，抬起頭來吧！」

她兜了一個圈子，再環顧着牠們，不覺自言自語地説：「真奇怪？為什麼牠們都不説話了呢？」

「你真傻，牠們怎能夠説話？」聲音發自她的後面，蘋果臉給嚇了一驚，急忙回頭一望，原來是她的朋友小吉。

小吉微笑地重複説：「你真傻，牠們怎能夠説話？」

「能夠的，」蘋果臉不服氣地説，「牠們不只能夠説話，而且還能夠説些很聰明的話。」

「你真是做夢了！」小吉聳聳肩膊説。

「做夢？或許我現在才是做夢呢！因為我剛才還在幸福島上，跟幸福仙人談話……」蘋果臉沉吟着，忽然，她興奮起來，拉着小吉的手説：「小吉，來吧，我們一起坐在樹陰下，讓我從頭至尾説給你聽吧。」

蘋果臉一口氣説完了她的冒險故事，時間已過了半天

了，太陽正照在他們的頭上，是正午的時候了。炎熱的天氣加上興奮的心情，她的臉兒漲得紅艷艷的，簡直像個熟透的蘋果。

小吉羨慕地跳起來説：「我要馬上去！」

「去哪裏？」

「去見幸福仙人。」

「幸福仙人曾經説過的，他就住在這裏，只要我們快樂，他便走進我們的心裏了，用不着去找他的。」

「那麼我要去看看自私仙人和虛偽仙人。」

「他們嗎？都沒有了，我的朋友們和我已經把它們殲滅了。現在動物園就在幸福島上，我們再不會看見自私和虛偽了。」

小吉覺得有點失望，半天不説話，因為他實在羨慕蘋果臉，能夠參加殲滅兩個惡仙人的戰役，而他自己卻沒有這種運氣。

他忽然記起來了，從袋子裏掏出一樣東西來，交給蘋果臉説：「我差點忘記了這是送給你的。」蘋果臉打開一看，不覺驚叫起來説；「噢，是一支簫，這是萬里聞簫啊！聽着，我來吹吹，一吹響了，幸福仙人便會來了。」

她正「嘟嘟」地吹，外面卻傳來了一陣嘈雜的聲音，

和簫聲同時響着。

22. 尾聲

外面的聲響引起了蘋果臉和小吉的好奇心，他們連忙趕到外邊去看。原來離動物園不遠的地方，圍着許多人。蘋果臉一聽見那熟悉的鑼鼓聲，便高興地拉着小吉的手説：「看猴子戲去！」不久，他們就鑽進人叢裏去了。那裏是一個廣場，當中搭着一個小小的帳幕，只聽見那個弄猴子戲的老頭子對大家拱手説：「各位觀眾，小弟走遍江湖，今天多蒙各位賞臉，自然不敢怠慢，我一定吩咐我的伙計盡力表演。我的小伙計雖然是一隻小猴子，但是它會騎馬，會射箭，又會唱歌和跳舞，各位看過，包你滿意，包你滿意。現在我叫我的小伙計出來，向大家叩個響頭。喂！達達出來啊！」

「達達？」蘋果臉不覺驚叫起來。大家奇異地向她盯着。

那老頭子説：「小姑娘，怎麼啦，你不滿意這名字嗎？」

「噢，不是的，不是的，我……」蘋果臉囁嚅地説着，「我覺得這個名字很熟悉。」

老頭子不覺呵呵大笑起來，他笑得這樣親切，這樣爽朗，頓時觸發起蘋果臉的記憶，低聲對小吉説：「他好像就是幸福仙人。」

「不是吧！他是玩猴子戲的。」小吉很肯定地説。

蘋果臉不再和小吉爭辯，因為她全神只注意着那老頭子，覺得他的一舉一動都和幸福仙人相像，不覺沉吟自語説：「不錯，他就是幸福仙人。」

小猴子達達從小帳幕裏鑽出來，玩了許多種把戲，都是十分精彩，博得不少掌聲，也賺得無數閃光的錦幣。

表演完畢，觀眾正想一哄而散，而那老頭子，卻笑嘻嘻地拱手作勢説：「各位且慢，小弟到過不少地方，到處去送禮物，我的禮物就是幸福，所以沒有誰不歡迎我的，尤其是那些小朋友，他們都叫我做幸福仙人……」

「這就是了！」蘋果臉不覺驚叫起來。老頭子望望她，好像會意地點頭微笑，繼續説：「現在我為了增加大家的快樂，臨時加插一個特別的節目，就是請達達表演『媽媽抱娃娃。』達達！你在箱子裏找出你的娃娃來，抱着她，繞場一周，讓大家看看你的娃娃。」

老頭子説完了，便向觀眾拱拱手，然後把銅鑼敲得一陣緊似一陣，而且連説了幾次「現在就開始了！」但是達

達始終躲在帳幕裏沒有出來。觀眾忍不住叫起來。有些説：「達達不會抱娃娃的。」有些説：「他們根本沒有娃娃。」有些説：「幸福仙人騙人的。」有的還叫着：「快還我們的錢。」七嘴八舌，聲音混成一片，弄得那老頭子非常狼狽，他竭力地叫着：「諸君請不要生氣，讓我查明究竟吧！」説着他便鑽進帳幕裏。一會兒沒精打采地出來説：「原來娃娃失蹤了，這次表演不成了！要我失信於人了！」他説到最後一句，差不多哭出來似的，使觀眾聽起來，也深表同情，大家默默地低下頭，正想不歡而散。蘋果臉卻突然走出來，舉起一隻手臂來説：「我有一個娃娃，我願意借出來給達達表演。」

觀眾都高興地鼓掌，老頭子不斷地點頭説：「你的確是一個好孩子。」

蘋果臉望着老頭子説：「這不過是幸福仙人給我的一部分教誨罷了，還有許多的教誨，要我以後繼續去實行的。」説着，她便飛也似的回家，把冬冬帶來。達達因為表演抱娃娃的把戲，牠扮得這樣逼真，使到大家都非常快樂。

蘋果臉深受感動，她自願把冬冬捐出來，讓觀眾永遠得到快樂。

　　以後，她每做一事，往往回憶夢境。她也常常把夢裏的故事去告訴她的小朋友，小朋友們都是半信半疑，彼此議論着說：「這真是一個動物園的秘密了。」

　　因此「動物園的秘密」便聞名於世界。

慢吞吞國

「麗絲，快八點半鐘了，你還沒弄好嗎？又要遲到了。」爸爸在房門口催促着，因為順路關係，他天天都用車載麗絲上學的。

「爸爸，我就來，我『馬上』就來了！」麗絲在房裏應着，「馬上」是常常掛在她的嘴邊的口頭禪，但是，實際一點也不「馬上」。一分鐘過去了，兩分鐘過去了……她還在她的房裏沒有出來，直到爸爸生氣了，大聲說：「麗絲，再不出來，不等了！」她才匆匆的打開房門，一隻手挽着書包，一隻手扣着襯衣的鈕子，狼狽地跟着爸爸出去……。

在課室裏，先生叫大家做練習，麗絲一筆一劃的逐個字砌着，同學都做好了，她還沒有做好一題；先生趕着收本子，只有麗絲未做完，先生催她快些做，她說我「馬上」就做好，可是等了半天，麗絲的練習還沒完成。

吃飯的時候，麗絲吃得最慢，大家都吃完了，剩下麗絲一個人，媽媽催她快些吃，她含着飯回答着：「『馬上』

就吃完了。」可是再等半個鐘頭,她的碗裏還剩下半碗飯。

她準備十點鐘睡覺,但是非到十二時不上牀,那兩點鐘做了什麼,她自己也莫名其妙。

她的時間就在慢吞吞中浪費了……。

有一天的黃昏,放學了,同學們都趕上一輛巴士回家去了,只有她走得慢留在後面,等她快要踱到巴士站的時候,突然一陣「的篤」「的篤」的聲響,跟着來了輛馬車。那個駕車的是個尖鼻子小眼睛,樣子很怪的老頭子,車子停在麗絲身邊,那老頭向她招呼説:「麗絲姑娘,要坐車嗎?」

麗絲心裏奇怪:「他怎麼會知道我的名字?」她正想問,可是她做事是慢吞吞的,説話也是慢吞吞的,她還沒來得及開腔,那老頭子已經把她拖到馬車上了。

馬車向着夕陽渲染了的森林奔馳而去。

「他載我到哪裏去呢?」麗絲很擔心。就在一瞬間,那輛馬車已駛到一座城牆,停在城門下了。麗絲禁不住輕輕地問:「這是什麼地方?」馬車夫瞇着眼睛,神秘地説:「這是慢吞吞國!」

守門的衛士,穿着堅厚的甲冑,戴着圓圓的扁扁的鋼盔,身材矮矮胖胖,他一步一步的走上前來。

「誰？」他説。

「我帶了一個你們的同志到來。」老頭子望着麗絲微笑地説。

麗絲心裏很不高興，但又迷迷糊糊地跟着那衛士走進了城裏。

城裏的人，個個的打扮都像那衛士一樣，但是更奇怪的就是城裏的一切，都在緩慢的動作中進行⋯⋯

帶領麗絲進城的那衛士，好容易才在街上截住一輛「的士」，可是那「的士」的速度，一小時走不到零點零一里，坐在那裏，只覺得馬達在開動，但一點也沒有發揮它的效能。

「太慢了！」麗絲忍不住這樣説。

「不慢了，比平時已快得多了。」衛士慢吞吞地回答着。

麗絲壓住一股悶氣，等到車子到達目的地，她已沉沉熟睡了。

「到了！」衛士叫醒她，那時艷紅的太陽正照在空中，該是正午的時候了，他們不是已趕了整整一個晚上和一個半天的路程嗎？但是麗絲回頭看那堵城牆，就在幾碼之外，麗絲心裏想：「這真是世界上最慢的車子了。」

麗絲跟着衛士進了那座王宮似的樓房，衛士説：「你就在這裏等等吧，國王『馬上』就要來了！」

麗絲等了又等，一個鐘頭過去了，兩個鐘頭也過去了……還未見國王的影子，肚子餓得發慌，兩點淚珠在她的眼角候命，隨時都可能滾出來了。可是麗絲是個好強的女孩子，她不輕易讓人家看見她的眼淚。

幸而，這時候國王終於來了，他的服裝並沒有如麗絲想像中的國王的服裝那麼華麗，而是非常簡單的，簡單得就像那衛士一樣，最出色的還是他的兩撇黑鬍子，高高的翹起，差不多和濃黑的眉毛連在一起，從他的外貌看來，沒有什麼可引起別人對他的尊敬，所以麗絲也沒有立刻向他行禮，只輕輕地吐出心裏的一句話：「你就是國王嗎？」

「是的，我就是國王。」那國王也毫不介意地回答她，跟着説：「唔，唔，好、好，現在你到了我們這裏，為了表示對你的歡迎，我准許你説出三個願望，我會使你達到你的願望，但是你要等一個願望達到後，才再説第二個，不能把三個同時一起説出的，明白嗎？」

麗絲覺得這個國王倒真有趣，他也許會變魔法的，看看他的樣子，真的有點像魔法師，唔，如果，這時候他能變出一點東西給她吃就好了，她的肚子餓得發慌啦。

「好吧，國王，我想吃東西，你變一點東西給我吧，我委實餓得站也站不穩了。」

「唔唔，好好，我『馬上』叫人為你預備豐富的食物吧！」國王捏着他的黑鬍子，得意洋洋地說。麗絲也滿心歡喜，等着吃她豐富的食物。

時間也不知過了多久了，總之，麗絲覺得再也忍受不住了，她帶點暴躁，但還很禮貌地說：「現在到底幾點鐘了？」她的聲音把瞌睡中的國王叫醒，「呵，呵，唔唔，你說什麼？」

「我說，現在到底幾點鐘了？」麗絲用同一的語氣重複這句話。

「哦？」國王起初有點愕然，跟着他便呵呵大笑起來說：「幾點鐘？幾點鐘？唔唔，你是指時間嗎？在我們這裏，提到時間便是犯法，時間已不再存在我們這裏，你犯了法，應該處死！」

麗絲聽了，嚇得面色變白，她囁嚅地說：

「但是……但是，我實在太餓了，我才……」

「唔，你餓了，我是知道的，但是你又犯了法，怎麼辦？」國王有點躊躇的樣子，最後他堅決地說：「好吧，我暫不把你處死，並且要使你達到你的第一個願望，你所

需要的食物『馬上』就來了！」

麗絲這才放下了沉重的心，於是她又焦急地等待着醫肚的東西了。好一會兒走出來兩個衛士，搬來了一張桌子和一張椅子。麗絲心裏想：「總不會太久了吧？」可是又過了很久，那兩個衛士才再次出現，他們在桌子上鋪上白布……擺上刀叉，還擺了一個花瓶，瓶裏插上一束鮮花……一切都在慢動作中進行着。

「噢，再等我便要餓死了！」麗絲餓得雙腳發軟，嘴裏流出白沫，她終於昏倒了。

當她慢慢蘇醒的時候，她發覺自己是躺在一張沙發上，天花板的大吊燈，刺眼地亮着，使她非常難受，她馬上把眼睛閉了起來。

「唔唔，好好，她醒了，食物預備好了沒有？拿來給她吃吧！」國王對她的衛士説。

「稟告國王，食物『馬上』就送來了。但是現在她發着高熱，恐怕不能吃東西了。」國王聽見衛士這樣説，只有搖頭歎息説：「可惜，可惜，這樣好的食物也不能享受到，她的第一個願望就白白過去了。衛士，給她量量體溫吧。」

「不用量我也知道她的體溫總有一百零零……九度

哩！」衛士向國王恭敬地稟告。

「怎麼？我的體溫一百零九度？」麗絲心裏緊張起來，她常常聽見媽媽說，體溫超過一百零五度，便很危險的了，現在她的體溫竟達到一百零九度！

「是的，你的溫度一百零零……九度。」衛士慢條斯理地回答。麗絲覺得更生氣，忍不住說：「快快給我請個醫生吧，我快要病死了！」

「唔唔，你說什麼？你知道嗎？這裏說『快』字便是犯法的。你再次犯了我們的法例，照理該處死的。但是你現在的確有病，我應該先請個醫生來看看你，也算完成你的第二個願望。」國王摸着她的黑鬍子笑了笑，麗絲心裏生氣着；什麼願望不願望，我才不稀罕這些願望呢。只見國王笑了一會兒才慢吞吞地對衛士說：「衛士，去請個醫生來看看她的病吧！」

「是，我『馬上』就去。」衛士應着，可是他卻站着不動，麗絲着急地催促他，他說：「是的，我『馬上』就去了！」

過了許久許久，衛士才喊着口號；「一二三，開步走！」他向前進了一步，可是他又喊：「三二一！」他又向後退了一步。麗絲想：這樣，到什麼時候才請到醫生來

呢？她真的急得要死了。

她辛苦地熬着，一分鐘對她都好像一年。她急切盼望醫生快些到來替她解除病苦，為了要減輕等待時心情的煩躁，她便暗中數着一二三……可是越數越麻亂，由一千又倒回到一百，由九十九又跳到一千。總之她忘記數了多少了。她只覺得心裏熱得快要爆炸了，她的病也好像越來越沉重了，但她還耐着性子數着……一二三……一百……一千……一萬……十萬……

已經數到「千萬」「萬萬」了，還不見醫生的影子。她的嘴唇，乾得要裂了，體溫一定又增加了，一百零九，一百一十，一百十一，一百十二……噢！

她快要死了，她死了，再也不能回去見媽媽了，她恨死這個慢吞吞國。人家挨餓，他們慢吞吞。人家快要死了，他們還是慢吞吞的，她是給他們的慢吞吞害死的，「你們這些慢吞吞的東西啊！我真恨死你們！我要馬上離開這裏！」麗絲拚命地叫出來。

「唔唔，好好，你要回去，這就是你第三個願望嗎？好，我答應你的三個願望都完了。好好，我馬上派人送你回去！衞士，預備那輛特快『的士』，送這個女孩子回去。」國王用沒有變化的語調慢吞吞地說。

　　「我才不坐你的特快『的士』」，等你們來送我，我回到家裏的時候，豈不是變成老婆婆，連媽媽也不認得我了嗎？」麗絲說着，掙扎起來，三步湊作兩步，踏出王宮，轉眼間，她已回到她的家裏了……。

　　她醒了，原來剛才她在一棵樹下打瞌睡呢，在她的身邊有一隻蝸牛，她不覺微笑說：「蝸牛，你就是慢吞吞國裏來的嗎？怪不得他們的打扮這樣像你。」

　　她醒了，她的確已清醒了，她仔細想過：「慢吞吞原來是這樣討厭的，以後做事再也不慢吞吞了！」

除夕奇遇

變，變，變，

賴以揚改變了。

他變得怎樣了？

是誰使他改變的？

自從一九六五年開始，同學就發覺賴以揚有點改變了：第一、他沒有遲到；第二、他依時交作業。這是幾年來沒有的好習慣，同學們都暗中議論着這件事，有些説：「賴以揚『轉性』了。」有些説：「賴以揚不再是『懶洋洋』了。」有些更為了好奇，直接去問賴以揚説：「以揚，到底是什麼使你『轉性』的？」賴以揚只管笑，沒有回答，同學們都不得要領。但是在賴以揚的心裏，卻非常明白這是怎麼一回事，除夕的夜裏，發生的事情實在太奇了，太突然了，給他的印象也太深了，他是永遠不會忘記的。

他記得那天晚上，剛吃過晚飯，他便到街上玩小足球，他聽見媽媽從樓上叫下來説：「以揚，不要玩了，你的功

課還沒有做好呢！」

　　他起初詐作沒有聽見，但是媽媽一次再次的叫他，他看見賴不來了，他狠狠地把球一踢，便站在街中心，掬起兩手對着嘴巴，大聲回答媽媽説：「明天是新年，不用上課，後天也不用上課，要做功課，時間還多着哩！」話還沒説完，他又回頭去踢他的小足球了。媽媽沒奈何，搖搖頭，歎了一口氣，又忙着她的家務去了。

　　他一直踢到內衣濕透了，絨線衣也濕透了，才回到他的小房間裏，看見桌子上擺着那些滿是「雞蛋」的習作簿，厭煩地順手把它們撥開，便倒在牀上，和衣睡着了。也不知道睡了多久，他被急促的敲門聲吵醒了，他心裏想：這樣晚，還有誰來？難道是小狗、阿牛來叫我踢足球去嗎？他懶洋洋地站起來，搓扭着沒有睡好的眼睛，去把那一扇板門拉開，暴躁地説：「半夜三更吵醒人，你們到底幹什麼的？」但是他發覺站在門口的，不是阿牛，也不是小狗，更不是他的媽媽，而是一個陌生者，他不覺詫異起來，瞪着眼睛呆了半晌。這個陌生者，樣子也確實古怪，頭頂光禿禿的，活像一個小足球，身體也渾圓得像一個大足球，整個人就好像一個小足球放在一個大足球上，背上背着一個重甸甸的大布袋，所以身體略略向前彎，顯得有點傴僂，

賴以揚不禁問：「你是誰？」

「這是你對待一個客人的態度嗎？」那個陌生者不高興地說，「你應該請我進來，讓我坐下才是。其實，我也沒有多少時間停留了！」說着他看看腕上戴着的錶便繼續說，「現在只不過還有十分鐘時間了，過了這十分鐘，我便要永遠離開這裏了。」這個陌生的客人，毫不客氣地踏入房間，東張西望地看了一遍，然後彎下腰，把散落得滿地的習作簿拾起來，看了一看，搖搖頭然後拉開背負的布袋，順手丟進布袋裏。賴以揚不由得急起來說：「怎麼你

拿走我的習作簿？」

陌生的客人笑着説：「這該是最後的一批了！這一年來，我收拾了你不少的東西呢！」

「你收拾了我不少的東西？」賴以揚驚奇地説，「你這個賊……」「不要這樣無禮！我不是賊！我是時間老人派來的。」

陌生的客人很嚴厲地説，賴以揚不能不有點害怕了。

「時間老人是誰？你又是誰？」賴以揚怯怯生生地説。

「時間老人就是時間老人，每個人都應該認識他的，但是懶惰的孩子卻忽略了他，至於我的名字叫做一九六四。」

「一九六四？奇怪的名字！」賴以揚喃喃地説。

「你和我相處了一年了，你還不認識我，可見你這個懶惰的孩子是多麼忽略了時間。老實告訴你，我現在要去了，讓我的弟弟一九六五來這裏了，但是在我離開之前，特地來把你那些不合格的成績收集起來，這是最後的一批了。」

「最後的一批？你是不是已經收集了多批了？」賴以揚難為情地説。「是的，你想看看嗎？」陌生的客人一邊説一邊打開布袋，把一疊疊捲角的習作簿，一張張滿是赤

字*的成績單，擺在賴以揚面前，賴以揚慚愧得不敢抬起頭來，那些習作簿都是他的習作簿，那些成績單都是他的成績單啊，多羞人！

「這就是你把寶貴的時間換來的東西了！」陌生的客人輕輕地說，「還有這一瓶東西。」他說着從袋裏拿出一瓶東西，在賴以揚的眼前一晃，賴以揚懷疑地說：「這是什麼東西？」

「你不知道嗎？唔，我相信你不知道的，要是你知道了，也許你會早些悔改了，告訴你吧，這就是你媽媽的眼淚。」賴以揚更加摸不着頭腦說：「什麼是媽媽的眼淚？」

「我說你不會明白的，媽媽的眼淚是從媽媽眼中收集起來的，媽媽流出一滴淚，心裏便像被刀割了一下似的，只要看看這瓶眼淚，你便知道你媽媽的心早已片片的碎了。」「可憐的媽媽，為什麼流出這麼多的淚呢？」賴以揚難過地說。

「還不是為了她不聽話的兒子嗎？每次當她看見她的兒子不及格的成績，眼淚便連串地流了。」

「這樣的兒子也太不成話了！」賴以揚憤憤地說，「他

*赤字：指考試成績不及格。

實在不應這樣傷媽媽的心！」

「現在他知道也不遲的，在一九六五年，他每做一件使媽媽高興的事，媽媽的眼淚就可以消失了一滴。他看着這瓶眼淚，就可以看出悔改的成績了，我現在要走了！」說着他背起布袋，一會兒便消失了，這時候，壁上的時鐘剛好敲響了十二下。

賴以揚伸了一個懶腰，他覺得有點糊裏糊塗，那個古怪的陌生客人「一九六四」的説話，好像是針對着他，也好像對他説着別個孩子的事，可是，他不管了，反正那瓶媽媽的眼淚還擺在他的面前，明天再説吧，他再伸了一個懶腰，蒙着頭又睡着了。

第二天，是元旦，賴以揚一早醒來，媽媽把一九六五的新日曆掛在他的牀頭説：「以揚，你又大一歲了，從今天起，要做個好孩子了，知道嗎？」賴以揚很爽快地回答説：「知道了，媽媽，我要聽一九六四的勸告，重新做個好孩子，再也不傷媽媽的心了。」

他到處找那瓶媽媽的眼淚，但是沒有找着，不過，在他的眼睛裏，常常都會出現那瓶晶瑩的淚水的，當他看見媽媽為了他進步的成績而放出笑容時，他眼中出現的那瓶淚水好像減少了一滴，他深深地相信，一年的努力，他會

使整瓶的淚水消失的。

　　賴以揚再也不懶洋洋了，同學也不再這樣叫他了，他也不再老是跟小狗、阿牛去踢足球了，任由他們怎樣誘惑他，也不能打動他的心了！

　　一九六五年第一次派作業簿，他的成績是以「一百分」代替了他慣常得到的孤零零的「雞蛋」。媽媽笑了，同學們驚奇了，他們不明白為什麼賴以揚會變得這樣好的，賴以揚心裏明白，可是他從沒有告訴別人。

一毛錢的自傳

我是一枚一毛錢的鎳幣，是微不足道的東西。

自從我從製幣廠出來以後，一真都過着平凡乏味的生活，我從一隻手轉到另一隻手，又從另一隻手轉到另一隻手。人們就這樣把我轉來轉去，因為我的身價是這樣低微，在富人眼裏我簡直不是東西，主婦也以為我只能在菜場上買一些「配料」，孩子最多也不過用我來買一塊糖糕或一枝廉價的冰棒。

我記得有一回，我被一個粗心大意的孩子，丟到溝渠裏，孩子想去把我找回，但是她的媽媽卻拖着他走，説：「一毛錢罷了，算什麼！找它幹嗎？」

孩子就跟着他的媽媽走了，可憐的我，就被棄置在臭氣薰天的溝渠裏。過了好幾天，才被一個清道夫發現，他把我拾起來，用我買了兩枝土製香煙。

我又回到人們的手裏，依舊過着那些平凡乏味的生活，我想我的一生就是這樣了，多麼的微賤，多麼的平凡！

「可是」，這「可是」兩字，可以説是我生命的轉捩

點。那一次，是我平凡的生命中一件不平凡的遭遇，使我改變一向的觀點，使我感到自己並不微賤，並不平凡，最少在一些人的眼裏是如此，因此我才覺得有寫自傳之必要。

那天，像往常的日子一樣，我又開始過着一天不停地在人們的手中輪轉的生活。早上，我被一隻肥大的手把我和我的幾個同伴從鐵箱裏挖出來，然後交到一隻瘦削無力的小手裏，我還聽到一個粗暴的聲音說：「拿去，買了菜就得馬上回來燒飯，不准在街上和那個叫化子談話，聽見沒有？」

「三嬸，聽見了！」是嬌滴滴的帶着顫抖的聲音回答着。

不知為什麼，我忽然對這個短暫的主人（我現在是被握在了一隻瘦削的手裏）發生了好感，我覺得她的手是溫暖的，純潔的，而又帶有辛酸氣味的，和我往日接觸過的帶着銅臭的手截然不同。我愛這隻手，我願意它永遠握着我。但是我知道這是不可能的，因為不久她便要把我帶到市場，用我去買需要的東西了。

可不是，她已走到街上了，她站在轉角的地方張望了一會兒，那邊突然閃出一個比她還要瘦削的孩子，迎面撲

到她的跟前，半是興奮半是哀傷地說：「姊姊，我等了你好半天了！」

「噓！別讓三嬸看見！」她一邊緊緊握着那男孩子的小手，一邊回頭看看有沒有人跟在後面。

「強弟，你昨晚睡在哪裏？」

「還不是樓梯底下！」弟弟撒嬌似的回答着。

「睡得着嗎？」她憐惜地望着高度剛好到她的肩膊的弟弟說。

「耗子多得很呢！我怕，我喜歡睡在家裏，姊姊，媽媽到哪裏去了？為什麼我們不回家？姊姊，我要回家，我要媽媽！」弟弟撒賴地說，他的聲音也有點顫抖。

「回家？」姊姊的兩點晶瑩淚珠，從眼角滴下來，她連忙用那隻握着我的手去揩，淚水從指縫滲到我的身上，冷冰冰的，我不禁打了一個寒噤。

「姊姊，那天，你為什麼要把媽媽放在一個木箱裏？你又說她會回來，為什麼到現在還不回來？」弟弟扯着姊姊的衣角不放，着急地問。

「強弟，你不要這樣說，你這樣說，我更加難過了，媽媽會回來的，你別心急。我在三嬸家裏做工，賺到錢買東西給你吃。」

　　「姊姊，我現在肚餓得很，你買東西給我吃吧！我要吃，我要吃麵包！」

　　「強弟，你又不聽話了，你不聽話，媽媽永遠不回來了。」姊姊好像生氣似的責備他。

　　「姊姊，我聽話，我聽話，但是，我肚子餓，姊姊我要吃……」

「姊姊也知道你餓，但姊姊也吃不飽，三孃每天只給一頓飯吃，又不准我拿出來分給你吃，她還打我罵我，監視我不准我跟你說話，她還怕我偷錢給你……」她流淚了，我也忍不住偷偷滴下眼淚，這是我有生以來第一次流淚。

她揩乾了淚，攤開握着我們的手掌，數一數，沉吟了一會兒，然後說：「強弟，你就坐在這樓梯底下等着我，我買了菜，回來就給你一毛錢買麵包吃，你不要跑開啊！」

「姊姊，你真的給我一毛錢買麵包吃？」弟弟高興得要跳起來。我心裏有點感觸，一毛錢也可以使人得到快樂，我一向不是太少覷了自己嗎？

姊姊緊緊握着我和我的幾個同伴，到菜場去了。那裏的人擠逼得很，到處充滿喚賣的聲音，她握着我們的手握得更緊，好像怕我們會逃跑似的，她買了一樣東西時，就小心翼翼地從手掌裏拿出一個或兩個我的同伴交給了那賣東西的人。我的同伴陸續離去了，只剩下我，我也樂得在她那純潔的沒有銅臭的小手裏多呆一會兒，我更願多知道一點兒關於她的事。

大概她已買好菜了，她伸開手掌望望躺着的我，愉快地對我微笑一下，我似乎了解她那時的心情，因此也對她微笑，可是我知道她沒有留意到這點，因為誰也沒想到鎳

幣也會微笑的。

突然間，一把巨大的聲音說：「回去，跟我回去！」

我認出了，那是三嬸的聲音，我的心打了一個寒噤，剛才的微笑也消失了，我只好靜靜地躺在她的冒汗的手心裏。

她默默無言地跟着三嬸回家，趁着上樓梯的當兒，偷偷把我含在她的嘴裏，弄得我全身濕漉漉的，十分難受，但我毫不抱怨，因為我知道她現在是處在一個十分困難的環境裏。

三嬸「砰」的把門關起，把雞毛掃拿在手裏，向着她身上鞭去，我雖然密密地藏在她的嘴裏，但是從她的急促的呼吸裏，從她強忍的嗚咽裏，從她咬緊牙齦的抵受裏，我彷彿感受到她所受的痛苦，我真想大聲哭出來，但是我不敢這樣做，我怕會被發覺而連累她受苦，我只好勉強忍着。

「死丫頭，你『揩油』？我明明看見你把一毛錢藏起來，你放在哪兒，快拿出來！」

她只搖頭不說話，三嬸暴跳地說：「張開嘴巴，給我搜！」

女孩子全身顫抖，我也跟着顫抖，我真害怕給那三嬸

搜出來，我不高興落在她的手裏。

女孩子機警地把舌頭一轉，把我推到她的舌底，讓我躲藏起來，我決心跟她合作，貼貼服服地貼在她的舌根。她張開嘴巴讓三嬸搜，三嬸瞪着惡氣騰騰的眼睛，在她的嘴裏探索了一會兒。謝天謝地，她沒有把我搜出來，也許她有點倦了，不再搜了，不久她拿起手袋出門，説：「我去打牌，你快煮飯！」

三嬸去了不久，她立刻跟着出門，直奔向那樓梯底，那裏，她的弟弟在等待着她。

弟弟已睡着，眼角掛着兩點淚水，他太餓了？他等得着慌了？她輕輕地去替他揩乾眼淚，他醒了，看見她便迫不及待地説：「麵包，姊姊，我夢見吃麵包，你是不是給我麵包？」

姊姊點點頭，然後張開嘴巴把我吐在她的手掌裏。

「一毛錢！姊姊會變戲法的。」弟弟高興得拍起手來。

她把我謹慎地交給了弟弟，然後默默地離去。我黯然地為她祝福，希望她不再遭受到無情的鞭打。

弟弟拿着我，歡天喜地到麵包店買麵包去。他哪裏知道他的姊姊為了我，也為了他要吃麵包而受到折磨，他更哪裏知道人間的苦楚？是的，他年紀太小，還是不讓他知

道好些，讓他好好享受一頓麵包的滋味吧。

我一向以為我這一毛錢的鎳幣，是無足輕重的，可是今天的經歷，使我覺得我的身價似乎高升了，但我心頭卻往下沉哩！

孤獨的花兒

　　那裏有一座美麗的花園，裏面種着許多鮮艷的花朵，一年四季，輪流開着，大家爭妍鬥麗，真是不愁寂寞了。

　　那些生長在園裏的花朵，都自認不凡，以為自己是天生嬌種，應該生長在這美好的泥土裏，得到殷勤的灌溉，享受豐富的營養；它們更鄙視外間的一切花草，覺得那些花草都是卑賤的、粗野的。

　　由於長輩們常常各自誇耀，它們的種子也從小知道自驕自大了。

　　有一天，園裏忽然起了一陣狂風，把一顆新鮮的菊花的種子捲起來，種子不覺驚叫着：「可惡的狂風，你到底把我帶到哪兒呢？」

　　「好種子，不要生氣，我要帶你到一個新奇的地方去。」狂風溫和地說着，它仁慈得好像一個老祖父，誰知更激起了種子的憤怒，它嚷着：「快把我帶回園裏去！」

　　「你為什麼要回到園裏去呢？難道你不願看看這世界，識多幾個朋友嗎？」風伯伯的脾氣真是不錯，它沒有

半點怒容。

「哼！我不要見那骯髒的世界，我也不願認識那些骯髒的朋友！告訴你，美麗的花園就是我的世界，美麗的花朵就是我的朋友。」種子震怒得跳起來。可是狂風還是一味把它吹送。種子叫嚷得更大聲了：「喂，狂風你想怎樣了，難道你裝聾嗎？快把我送回去！聽見沒有？」

「好了，好了，到了。」狂風舒了一口氣説。

「到了？到了哪裏？」

「到了一個可以把你培植起來的地方了，你看下面一列矮小的松林，不是頂好的環境嗎？」狂風説着，於是以最高的速率，把種子直捲下降。

種子着急地説：「怎麼樣，你竟把我帶到這荒郊野嶺來，我死也不願活在這裏的。」

「好種子，別生氣，這裏都是竹林和松樹，它們都是非常和氣的。將來你長出美麗的花朵來，它們一定很高興和你做成很好的朋友。」

「哼！我才不高興和那些醜陋的東西做朋友呢。」

「好種子，別這樣吧，讓我替你們介紹介紹：這是菊花種子，這是松老伯，這是竹叔叔，這是松家的孩子們，這是竹家的孩子們。」

「我們歡迎菊花種子！」松樹和竹樹高聲地嚷着。

狂風微笑地去了，它心裏想：它們都不知道我就是千變怪呢，我這樣做，不過使菊花種子受到一點教訓罷了。

菊花種子自從到了這裏以後，受着太陽的照耀，雨露的滋潤，不久，便長出幼芽；又不久，長成了抽枝發葉；最後，一朵美麗的金黃色的小菊花開出來了。

小菊花雖然美麗，可是終日愁眉苦臉，沒有半點笑容；松伯伯和竹叔叔常常跟它談話，逗它開心，但它不感興趣。

有一天，松家孩子和竹家孩子閒談着，非常熱鬧；只有小菊花呆在一旁。忽然看見一隻蜜蜂飛來，竹家有一個孩子連忙問：「蜜蜂哥哥你從哪兒來？」

「我從那座美麗的花園來的。」蜜蜂回答道。

「你從那座美麗的花園來的嗎？那麼，你一定會看見我的高貴的朋友們了。」小菊花這才開口，搶着説。

「你是指那兒美麗的花草嗎？是的，它們都記起你的……怎麼啦，小菊花，你竟然流下淚來，你為什麼難過

呢？」

「菊花妹妹常常都是那麼不快樂，它好像不高興我們。」松樹和竹樹齊聲地說道。

「當然不高興啦，你們都是醜陋粗野的東西，我討厭你們！」小菊花說着，又流下了幾點眼淚。

蜜蜂安慰它說：「菊花妹妹，你不要看不起它們，說不定那些被你認為最醜陋粗野的東西，是最能幫忙你的。」

「我才不要它們的幫忙呢！」小菊花傲慢地說。

蜜蜂去後，跟着大風雨來臨，小菊花在風雨中顫抖，松樹和竹樹也抵不住風雨而顫抖起來了，可是它們手牽着手，互相依靠，力量增加了，只有小菊花面臨着這危難，恐懼地說：「我將活不成了。」

松樹和竹樹們齊聲說道：

「菊花妹妹，不要怕，我們保護你。」

於是松樹和竹樹張開它們的枝葉，遮蓋着小菊花，擋住了風雨，小菊花才不致被摧殘。

風雨過後，它向松和竹道謝說：「你們對我這樣好，真使我難過極了，因為我一向都看不起你們，以為你們不配做我的好朋友，我現在知錯了。」

「菊花妹妹，不要難過，只要你沒有受到損害，我們便安心了。」

這時候，蜜蜂又飛來了，牠說及那座美麗的花園，現在已經零落不堪了，因為當大風雨來臨的時候，園裏的花草只知各顧各的，不知道團結，因此都給風雨摧殘了。

小菊花不勝感慨地說；「我現在明白了，我一向認為高貴的朋友，原來是這樣自私的；而我認為醜陋粗野的，卻最能幫忙我，我當初為什麼不相信蜜蜂的話呢？」

小菊花以後和松樹們，有說有笑，再也不孤獨了。

老松樹和小松子

有一顆松子，被風吹了下來，剛剛落在一棵老松樹的旁邊。種子輕微地挖破了一點皮膚，它忍不住便流出淚來，哭着說：「哎喲，真痛，可惡的風，為什麼要把我吹落來呢？讓我在樹上逍遙自在多好啊！」

旁邊的老松樹，忍不住對它說：「好種子，你別只貪圖舒服吧，因為你已經成熟了。你應該到泥土去，受土地、雨、露的培養，將來你便可以像我一樣，成為一棵對人們有用的松樹了。」

種子懷疑地望着老松樹說：「難道你也是由一粒種子變成的嗎？」

「當然啦！但不是一天兩天，而是經過很久的日子和波折才能成長的。」老松樹一邊點頭，一邊說着，回憶過去的事情。

過了不久，一場大的風雨來了，行雷閃電，嚇得小種子不住地顫抖着說：「這次我沒命了。」

老松樹在旁邊，伸張起它的枝葉，保護着那顆種子。

一邊又安慰它說：「不要怕，泥土得到這場大雨的滋養，來培養你，你快要發芽了。」

果然，不久，小種子發芽了。它向上抽出一枝柔條和兩片綠葉；向下也伸出鬍鬚似的根來。

老松樹微笑地點着頭說：「好幼苗，你的確可以長成一棵很好的大樹的。」

過了幾天，天氣熱得很，太陽高高地照着，好像一盆烈火，幼苗被曬得頭也昏了，它低下頭來喘着氣，歎息道：「我實在受不了，我實在沒有能力變成一棵大樹了。」

老松樹照拂着它，安慰它說：「勇敢些，這些辛苦，我也嘗過的。我知道，這些對你都是有益處的，快抬起頭來，接受陽光的照射吧！」

於是幼苗勉強抬起頭來，它真的覺得強壯了許多了。

過了不久，已是隆冬的時候，羽毛似的雪花，一片又一片地從天上飄下，幼苗冷得躺在雪地上，動也不能動，微微地喘息着說：「我真不相信我能夠長成一棵大樹。」

老松樹披着滿頭白雪，就像白髮白鬍子的老人，很和顏悅色地對幼苗說：「不要灰心，大雪過後，土地便更肥美，更可以幫助你生長，忍耐一時的辛苦，你會得到無窮的快樂的。」

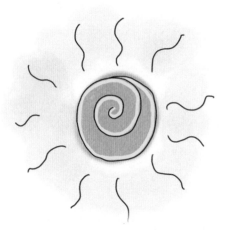

老松樹的話，一點也不假，風、雨、太陽和雪對於幼苗都是有益處的。幼苗經過幾次搏鬥以後，變得茁壯堅強，而且已長成一棵小松樹了。

有一天，有幾個木工來到老松樹的旁邊，把老松樹端詳了一下説：「這是很好的木材，正好用來造一道木橋。那麼過往的人，就方便得多了。」

老松樹真的被人砍下來做成一道木橋，躺在小松樹旁邊的小河上，每天有不少行人踏上木橋，大家都説：「真方便啊；我們要多謝老松樹！」

小松樹心裏有説不盡的羨慕，它希望變成一道橋，給人人讚美。恰巧這個時候，有一個老婆婆，推着一輛笨重的車子經過，忽然，車輛的橫木斷了。老婆婆很擔憂地説：「怎麼辦呢？車子推不動了，我回不了家了！」但是，她轉過頭來，望見小松樹，便又很高興地説：「這樣好的木材，我正用得着呢！」於是老婆婆把它砍下來，拿去做車輪的橫木。

小松樹滿不高興地說：「我辛辛苦苦長大，卻給你這老婆婆做車輪的橫木，真不值了。」老松樹做成的橋聽見

小松樹的話，便對它說：「我們長成是為了幫助別人的，不論做橋也好，做橫木也好，我們一樣都是好的木材，一樣盡了我們的責任了。」

老婆婆做好了車輪的橫木，歡天喜地把車子推回家去，經過木橋的時候，車輪橫木對木橋說：「你說得對，幫助了別人，總沒有辜負我的長成，我看見老婆婆歡喜的樣子，我也覺得安慰了。」

附錄：劉惠瓊主要的兒童文學原創作品

出版時間	作品名稱	出版社
1951	一個獎章	兒童教育出版社
1952	玩具國	上海書局
1953	一枝低音口琴	上海書局
1954	七顆珍珠	上海書局
1954	千變怪	上海書局
1955	金魚公主	上海書局
1955	寄小朋友	上海書局
1955	擦鞋童	上海書局
1956	動物園的秘密	上海書局
1957	敏兒的假日	香港學生書店
1957	港生日記	香港學生書店
1967	一個好學生日記	兒童報社有限公司

1968	曼寧小札	兒童報社有限公司
1968	遊蹤憶語	兒童報社有限公司
1976	一個好學生日記續集	兒童報社有限公司
1986	妮妮的日記	兒童書報社
1986	愛	兒童書報社
2003	一個女教師日記	——
2003	永康和長寧的故事：兒童長篇生活故事	——
2003	百年後的新世界：科學幻想故事	——
2003	兒童機智小說：父子探案	——
2003	新寓言	——
2003	碧琪趣史	——
2004	小魚兒出海	Fire Fly Co.Ltd
2004	我的小檔案	螢火蟲文化事業有限公司
2005	玉石榴	螢火蟲文化事業有限公司

2005	我的哥哥	螢火蟲文化事業有限公司
——	幼童故事（一）	兒童報社有限公司
——	幼童故事（二）	兒童報社有限公司
——	幼童故事（三）	兒童報社有限公司
——	幼童故事（四）	兒童報社有限公司
——	我的自傳	兒童報社有限公司